U0062075

同道心影

記憶中的文友

劉以鬯 著

中華書局

目錄

記豐子愷

太平洋戰爭爆發後，日軍進入租界，孤島陸沉，我離開上海到重慶去。到了重慶，一時找不到工作，只好寄居在親戚家裏。親戚姓陳，在小龍坎開設鐵工廠。廠裏有兩位工程師。總工程師是個年輕人，剛從外國學成歸來。副工程師姓楊，名如深，三十幾歲，篤實忠厚，與我很談得來。

有一天晚上，我走去職工宿舍找楊如深談天，一進門，注意力就被牆上的一幅畫吸引住了。那是豐子愷的漫畫。

「今天早晨，我到豐子愷家裏去，他送了這幅畫給我。」楊如深說。

「豐子愷住在小龍坎？」

「住在沙坪壩。」

「你怎會認識他的？」

「他是我的表哥。」

從小喜歡豐子愷漫畫的我，聽了楊如深的話，忍不住要求他介紹這位風格獨特的漫畫家與我相識。楊如深說：「星期日要是不開工的話，陪你到沙坪壩去走一趟。」

記得那是一個晴朗的星期日，很熱。上午十一點左右，楊如深就走來找我到沙坪壩去。對於我，這是一個難忘的日子，也是一件難忘的事情。

從小龍坎到沙坪壩，沿公路走，路程不短；抄近路，只需穿過中央大學與重慶大學的校園，二十分鐘就可以到達。

沙坪壩是著名的文化小鎮，正街書店林立，文化氣息十分濃厚。豐子愷住在距離正街不太遠的地方，環境清靜。那是一幢重慶習見的房屋：用竹片搭成，塗垩土，掃白粉，相當單薄，好像用力擂一拳就可以打出一個洞來似的。房屋周圍有空地，種幾棵樹，圍以竹籬，成為院子，冬日可以曬菜乾，夏夜可以乘涼。這種寧靜的居住環境，不懂得享受田園生活的人是無法欣賞的。豐子愷在亂世中還能保持恬逸的心情，何怪吉川幸次郎[1]要說這樣的話了：「如果在現代要找尋陶淵明、王維那樣的人物，那末就是豐子愷了吧。」

走進那幢塗着白色黏土的屋子，我見到幾個孩子與一個老頭子。孩子們在忙碌地搓濕泥，老頭子則用刀子將搓成的泥土切成許多小方塊。[2]我猜不出他們在做甚麼。

楊如深介紹我與他們相識時，才知道那個老頭子就是豐子愷。其實，說豐子愷是老頭子，並不正確。那時是一九四二年春天，豐子愷才不過四十四歲，不能算老。我之所以對豐子愷產生這樣的「第一感」，只有一個理由：他留着長鬍鬚。至於那幾個孩子，楊如深說是豐子愷的兒女，相信決不是〈兒女〉一文中的阿寶、軟軟與瞻瞻。〈兒女〉這篇散文，作於一九二八年。那時，阿寶九歲、軟軟七歲、瞻瞻五歲。根據這一點來推算，我在那一天見到的幾個孩子，應該是阿韋與他的弟妹了。這是幾個「充溢着生的歡喜」（此句見豐子愷的〈兒女〉）的孩子。當我見到他們時，自然而然地聯想到豐子愷那些以兒童生活為題材的漫畫。

經過介紹後，豐子愷走到後邊去洗手。洗過手出來，笑咪咪地說了一句「我們在做麻將牌」之後，加上這麼幾句解釋：「戰時物資缺乏，日用必需品尚且難找，何況麻將牌。幾個孩子喜歡玩麻將，只好自己動手做。」

多麼風趣的人！多麼有趣的事！為了孩子們要玩牌，居然轉出這樣的念頭。谷崎潤一郎[3]從《緣緣堂隨筆》中看出他「是個非常喜歡孩子的人」，一點也沒有看錯。當我見到豐子愷與他的孩子時，對他在〈作父親〉一文中所表現的那份真摯的慈愛，終於獲得了更具體的解釋。

談到他的畫，我告訴豐子愷：我在小學五年級的時候，教常識的老師篤信佛教，曾經將《護生畫集》分派給全班同學，每人一冊。

此外，我還告訴他：我在初中時，讀過林語堂[4]編的《開明英語讀本》，封面與內文的插圖都是他畫的。他聽了我的話，笑得眼睛瞇成一條縫。

那天中午，他留我們在他家中吃飯。

過了兩個月左右，《國民公報》曾通一[5]社長叫我進他的報館去工作：以主筆名義編副刊。剛接編的時候，我寫過一封信給豐子愷，請他為我畫一個版頭，寫一篇散文。三天後，他的覆信寄到了。在信中，他這樣寫：

以鬯先生：

屬寫報題，今日郵奉，乞收。弟近來久不寫文，因身體和眼力均不勝任，尊編副刊，弟暫時未能投稿，以後如有所作，當再報命可也。即頌

近安

弟　豐子愷頓首

十月十六日下午

這封信給我的喜悅很大，豐子愷畫的畫，有詩趣，具東方味，放在副刊裏，

生色不少。佩弦[6]說豐子愷的漫畫是「帶核兒的小詩」，這個報題，詩意雖濃，卻是無核兒的。這個版頭，我特別喜歡，用了一年左右，才更換。相信抗戰時期讀過《國民公報》的人，一定會留下多少印象。版頭的構圖是這樣的：左邊一根大柱子，上端有捲起的竹簾，簾下則是「國民副刊」四個字。

在《國民公報》工作了幾個月，一位老同學[7]介紹我進《掃蕩報》做事。《掃蕩報》在李子壩，《國民公報》在化龍橋，我必須經常在兩個地方走來走去。工作越來越忙，除非逢到休息的日子，否則，很少有機會到小龍坎或沙坪壩去看楊如深或豐子愷。從一九四二到一九四五年抗戰為止，我的生活一直是這樣的。在這三年中，走去沙坪壩看豐子愷，只不過兩次。其中一次，豐子愷不在家。

戰爭結束，《掃蕩報》決定改為《和平日報》。報紙改名，副刊自然也要改。報館方面認為改名後的副刊，應該擴大篇幅，廣邀名家撰稿，以壯聲勢。我是副刊編輯，為了配合報館方面的要求，寫了幾十封徵稿信給當時居住在重慶的作家，請他們捧場。豐子愷是我約稿對象之一。

豐子愷正在計劃舉行畫展，很忙。我寫信給他時，並不知道他有這個計劃。後來，報館的記者告訴我：豐子愷在兩路口舉行畫展，我馬上趕去參觀。在會場中，豐子愷向我表示：只要有空閒，一定幫我寫稿。我向他道謝，他帶我參觀他的作品。這天晚上，我寫了一篇有關此次畫展的短文，登在副刊裏。

過了幾天，改版期近，我又寫了一封信給豐子愷，催他為《和平副刊》撰稿。他覆我這樣一封信：

以鬯先生：

屢示，並蒙為拙展作文宣揚，深感美意。弟渝展閉幕後即去北碚，昨日始返沙坪。尊屬為《和平日報》作稿，定當如命，惟此次訂畫者太多（兩處達二百餘件），故月內非埋頭作畫還債不可，十二月初，即得空閒，屆時必有以報命，尚乞原諒，先此奉達，即頌

時安

舍親楊如深弟已抵浙，昨有來信。附及。

弟　豐子愷叩
十一月十九日

豐子愷在信中所說：「訂畫者太多」，確是實情。我在參觀畫展時，曾看到許多紅色的訂購標簽。不過，信尾的附語卻使我感到意外。戰爭剛結束，寄居大後方的外省人，多數歸心似箭，交通工具異常缺乏，搭車搭船，都很困難。楊如深能夠那麼快返抵浙江，當然會引起別人的羨慕。

我自己則是十二月初離渝回滬的。《和平副刊》由王平陵[8]接編。我回到上海後，對豐子愷的情況就不大清楚了。

一九七三年四月八日

（原刊香港《文林》月刊第六期，一九七三年五月一日。）

豐子愷

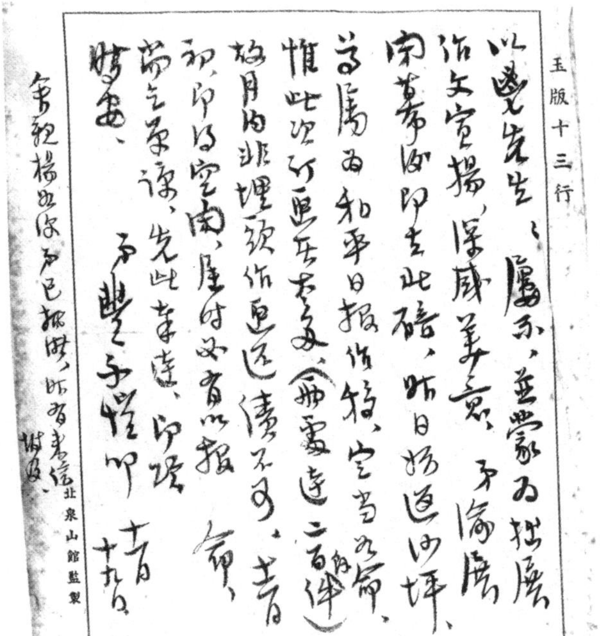

玉版十三行

以邕先生：屬示，並蒙為拙展作文宣揚，深感美意。弟[illegible]展開幕後即去北碚，昨日始返沙坪，尚屬為和平日報作稿，定當如命，惟此次行色匆匆（兩處畫展二百餘件），於月內非埋頭作畫還債不可。十二月初，即得空閒，屆時必有以報命。前之[illegible]，先此奉達，即頌時安。

弟豐子愷叩　十二月十九日

舍親[illegible]兄已[illegible]，昨有來信謝及。

北泉山館監製

豐子愷給劉以鬯的信

編者附言

豐子愷（一八九八—一九七五），浙江省崇德縣石門灣鎮人。原名仁，後改名子愷。九歲失怙，家道中落，由母親撫養成人。十七歲以優異成績考入杭州浙江省立第一師範，得李叔同（一八八〇—一九四二，即弘一法師）指導，醉心於音樂、美術，並習日文。一九二〇與二一年之交，赴日深造。一九二二年冬，經濟拮据回國，執教上虞春暉中學。一九二三年習作小畫〈人散後，一鉤新月天如水〉，以清新、簡潔、雋永的構圖，引起作家鄭振鐸（一八九八—一九五八）注意，旋獲提攜。此後，一邊任中學、大學和專業美術學校教席，一邊刻苦努力，集李叔同、陳師曾（一八七六—一九二三）和日人竹久夢二（一八八四—一九三四）等之大成於一身，加以發揚光大，創造了大眾喜見的個人風格，終成我國漫畫藝術前驅。他還是散文家和翻譯家。主要作品有：漫畫集《子愷漫畫全集》（全六集）、為弘一法師而作的《護生畫集》（全六集，共四百五十幅）；散文集《緣緣堂隨筆》、《車廂社會》、《緣緣堂再筆》、《率真集》；譯作《初戀》、《獵人筆記》（以上屠格涅夫），《藝術概論》（黑田鵬信），《苦悶的象徵》（廚川白村），《源氏物語》（紫式部）等。

本文作者一九四一年七月，自上海聖約翰大學畢業。同年十二月八日，太平洋戰爭爆發，日軍入侵上海租界。他放棄留美計劃，年底即間關赴渝。翌年春抵山城後，結識了豐子愷。（按：關於結識的時間，作者一九七九年一月十二日修改此文時，說是在進《國民公報》之後，而函請豐畫版頭、作散文是「過了一個時期」當《國民副刊》革新時。）戰後，《掃蕩報》改名《和平日報》，作者續編副刊，遂又請豐子愷撰稿。

本文採用香港星島報業有限公司旗下的《文林》月刊總第六期（一九七三年五月一日出版）的版本。作者一九七九年一月十二日的修改版，有兩種版本：一見香港書畫屋圖書公司一九八二年四月初版的評論集《看樹看林》第四十五至五十頁，其中第四十八頁開頭處有三行文字不全（內容可見於

《文林》版本）；另一見香港明報出版社有限公司和香港《明報月刊》，二〇〇三年六月聯合初版的多品種散文集《他的夢和他的夢》第一百八十九至一百九十五頁，其中第一百九十二頁刪去了《看樹看林》第四十八頁開頭處那三行文字。

註釋

1 吉川幸次郎（一九〇四－一九八〇），日本漢學家。

2 做泥麻將牌事，豐一吟（一九二九－二〇二一）著《爸爸豐子愷》記載：戰時在桂林附近的泮塘嶺，「我們自己用爛泥來製作麻將牌，曬乾後貼上白紙，畫上一張張牌的圖像。不僅我們能以此自娛，連兵士們也來向我們借用。離泮塘嶺時，泥牌當然丟棄了。後來到了重慶自建的屋中，又如法炮製，另做了一副麻將牌。」（三聯書店（香港）有限公司，二〇一六年，頁一二二。）

3 谷崎潤一郎（一八八六－一九六五），日本小説家。

4 林語堂（一八九五－一九七六），福建龍溪人。原名和樂，又名玉堂。現代作家、學者、翻譯家、語言學家。一九六六年定居台灣，一九六七年主持編撰《林語堂當代漢英詞典》。曾發明「明快中文打字機」並取得專利。病逝香港。

5 曾通一，作者父親的朋友。

6 佩弦（一八九八－一九四八），即朱自清。原籍浙江紹興，生於江蘇海州。現代學者、詩人、散文家。

7 老同學，即楊彥岐（一九二〇－一九七八），生於北京。筆名易文、諸葛郎等。十七歲全家定居上海，肄業於上海聖約翰大學文學系，與作者同校不同系。一九四一年，由港赴渝，為《掃蕩報》編輯。抗戰勝利後，是上海《和平日報》總編輯，與作者同事。一九四八年來港，翌年《香港時報》創刊，任編輯。後成為導演及歌曲填詞家。

8 王平陵（一八九八－一九六四），江蘇溧陽人。原名王仰嵩。一九二八年主編《中央日報》副刊。一九三八年六月抵渝，從事文藝工作。一九四九年秋去台灣，任《中國文藝》主編，台灣政工幹校教授。

記趙清閣

認識趙清閣，是在抗戰時期的重慶。

趙清閣是個具有男子氣概的女人，氣質憂鬱，性格倔強。她的倔強性格在開封求學時已有顯明的表現。那時候，她剛讀完高中，想進美專，沒有錢，寧願找工作做，不肯向後母索取學費。那時候，她的年紀剛過十七。

在十七歲之前，因為幼失母愛，變成一個孤僻的孩子，處境雖劣，卻能在暴風中堅定如勁草。在她的小說集《鳳》中，她說「喜歡孤僻」，又說「喜歡寂靜」。「孤僻」的人容易自卑，她卻是一個例外。她在「寂靜」中學會怎樣思索，活得既倨傲又倔強。唯其倨傲，唯其倔強，成年後，才能寫出這麼多的作品，這麼多的並不低於一般水平的作品。這種成績（如果不想稱之為成就），單憑倔強與倨傲是做不到的。它需要更大的力量——自信。從童年到青年，從青年到中年，在孤寂中，趙清閣孕育了堅強的自信，使其成為生命的原動力。奧尼爾[1]在哈佛讀《英文四十七》時開始「找到信任自己作品的勇氣」；趙清閣則與敵人、病魔作戰時產生衝鋒陷陣的勇氣。一個身體孱弱的人，在缺乏醫藥與物質的環境中，極有可能成為悲觀主義者。趙清閣的情形有悖於常理。當她從事文藝工作時，她有鋼鐵般的意志與鋼鐵般的毅力，奮戰，奮戰，不斷奮戰，因此變成一個執拗的樂觀主義者。具有這種意志與毅力的作家並不多，蕭紅[2]太軟弱，即使葉紫[3]也不能與趙清閣相比。葉紫在與病魔搏鬥時，沒有讓「太陽從西邊出來」就倒下了。

趙清閣曾經說過這樣幾句話：

如果，我的病不再折磨我，我的生命還能延續下去的話，我倒願意矢志終生獻身文藝，永遠學習，永遠努力……

病魔一直在威脅着她，甚至有可能奪去她的生命，她卻不斷與病魔抗爭。我第一次見到她時就留下一個深刻的印象：她的臉色蒼白似紙。這種蒼白的臉色，會令關心她的人，為她的健康而擔憂。不過她很堅強。儘管健康情況不好，卻活得十分有勁，既無「弱不勝衣」的病態，也沒有 I want live fast 的消極思想，用生之意志與病魔搏鬥，視文藝為生命的最終目的，一若徐志摩[4]將曼殊斐爾[5]喻作鵑鳥時所說：「唱至血枯音嘶，也還不忘她的責任是犧牲自己有限的精力……。」

當她還是一個少女的時候，趙清閣開始寫作。在一篇散文的〈後記〉中，她說：

從事文藝創作已有十年光景……

這一篇〈後記〉，作於一九四三年夏天。根據這一點來推斷，趙清閣的寫作生涯是在一九三三年左右就開始的。從一九三三年到抗日戰爭爆發為止，她已寫過不少短篇小說。這些短篇小說，大都收在兩個集子裏：《旱》與《華北之秋》。在抗戰的八年間，她一直生活在大後方。戰爭激起她的寫作熱誠，使她活得更堅強；使她找到了生命的積極意義，縱使貧病交迫，仍能寫出二十幾個多幕劇與三本獨幕劇集。

全面抗戰於一九三七年七月七日爆發；九個月後，她在漢口編輯《彈花》。（《彈花》是半月刊，由華中圖書公司印行。）一九三八年十月，她的戲劇集《血債》由重慶獨立出版社出版。四個月後，上海雜誌公司渝店出版她的《抗戰戲劇概論》。之後，陸續發表了數目相當多的獨幕劇與二十幾個多幕劇，包括《反攻勝利》、《忠心愛國》、《汪精衛賣國求榮》、《光榮的戰鬥》與《桃李春風》在內。

作為一個劇作家，趙清閣是偏見的受害者。無論怎樣努力，她的作品總不像曹禺[6]、洪深[7]、田漢[8]、袁俊[9]，甚至宋之的[10]那樣受人重視。她與老舍[11]合作的《桃李春風》，雖然得過獎，人們卻將功勞記在老舍頭上。

老舍是一位優秀的小說家，對戲劇原理的認識不夠充分。這一點，他自己也知道。因此，寫《國家至上》時，與宋之的合作；寫《桃李春風》時，與趙清閣合作。

在抗戰時期的重慶，趙清閣的名字常與老舍聯在一起；不過我見到她時，她總是與封鳳子[12]在一起的。

鳳子是女作家；趙清閣也是。鳳子編過《女子月刊》；趙清閣也編過。（註：趙景深[13]在〈四位女作家〉一文中，說趙清閣「戰前在女子書店編過《女子月刊》，鳳子是接她後任的」。但，趙清閣最近寫信給我，說她「從未編過《女子月刊》，僅在鳳子之前曾任女子書店總編輯」。）鳳子對戲劇有濃厚的興趣；趙清閣對戲劇也有濃厚的興趣。鳳子演過話劇；趙清閣曾在「中電」擔任過編導。她們志趣相似，有一個共同的天地，感情好，未必羼雜別的因素。志趣雖相似，性格卻不同。封鳳子溫柔似水；趙清閣剛強豪爽。

也許是這種略帶陽剛的性格，使「見着女人也老覺得拘束」（見《老牛破車》）的老舍有勇氣跟她合寫《桃李春風》。老舍一向「怕女人」，與女作家合寫劇本，需要極大的勇氣。

我在重慶見到鳳子與趙清閣時，總覺得這兩位感情極好的女作家不但性格不同，外貌也有相當大的差別。鳳子像盛開的花朵；趙清閣缺乏女性應有的魅力。趙清閣外表沉滯，才智頗高。她的智慧，像煙花一般，常在作品中閃爍。

儘管與老舍寫過劇本，趙清閣卻是個不大有幽默感的女人。在我的記憶中，幾乎完全找不出她的笑容是怎樣的。她的態度很嚴肅，不苟言笑。趙景深說「她的性格帶有北方的豪爽」，很對；說她「兼又揉和了南方的溫馨」，我沒有這種感覺。我總覺得她的性格像男人。在寫給我的信中，她自稱「弟」。

不見這位多產的女作家，已有三十年。每一次想起她，就會想起北方冬日玻璃上的霜花，雖然慘白，只要有陽光照射，就會熠燿發光。認識她的人，都說她「冷」。其實，這種說法不一定對。缺乏熱情的作家，絕對寫不出扣人心弦的作品。趙清閣與別人不同的地方是：她願意將熱情灌注在作品裏，不願意將它當作面具戴在臉上。早歲喪母，使她勇於接受寂寞的煎熬，並在孤寂中將書本當作知己。書本雖不能代替母愛，卻幫助她找到了逃避之所。她不喜歡繼母；她的繼母也不喜歡她。父親老是站在繼母那一邊，她只能在「孤孤獨獨，凄凄涼涼」中求學；在「孤孤獨獨，凄凄涼涼」中求生。

趙清閣的國家觀念特別強烈，有良知，願意負起匹夫的責任。在抗戰八年中，她曾經盡了最大的努力去寫劇本，藉此喚醒群眾的民族意識。她寫下那麼多的劇本，因為她相信戲劇所收的宣傳效果遠較其他的表現方式為大。不過，這不是說她的寫作興趣只限於作劇；相反，勝利後的事實證明她的寫作興趣相當廣泛。勝利後，她很早就從重慶到上海去了。到了上海，一方面在《神州日報》編副刊；一方面繼續從事寫作。她為《申報》寫《雙宿雙飛》；又為我編的副刊寫《騷人日記》，前者是長篇小說；後者是雜文。

《騷人日記》是趙清閣在離渝前答應為我撰寫的作品——一種用日記體寫的雜文，取材於生活閱歷，有連貫性，每段皆可獨立。起先，我依照她的意思，以《騷人日記》為總題發刊，每篇加副題；後來，為了加強版面的機敏性，改以副題為主。趙清閣曾就此事從上海寫信給我，信上這樣寫：

以鬯先生：

朋友來函稱《騷人日記》已登至十一，聞之十標題改為小獨立，以「騷人日記之……」副註，此意甚佳，但須註明日期，此附上「之十三」，以後即照此標題較新穎有變化。

之九、之十、之十一、之十二，均祈各剪一份，俾留集成冊，將來出單行本時用。

兄有空盼寫短文，弟之《神州日報》副刊亦需稿也。祝

編安

弟　清閣　廿六

上月及本月稿費祈一併匯下，或示知數目，弟着人去取。

《騷人日記》不能算是趙清閣的好作品；不過，在重慶發表，可以使常讀她劇本的人換一下口味。她在信中說是打算出單行本，我回到上海後，從未在書店看到這本書。直到現在，仍不知《騷人日記》是否已出版。（註：趙清閣最近來信說：此書「商務印書館原擬出版，以字數太少，未果」。）

從一九四五年到一九四九年，趙清閣大部分時間都住在上海。這期間，她是相當活躍的：編副刊、編雜誌、寫長篇、寫散文、參加文藝界的集會、從事戲劇運動。她的《此恨綿綿》曾在上海「辣斐大戲院」公演，成績不錯，卻沒有引起廣泛的注意。那時候，重慶「劇作家聯誼會」曾發公函，聲明該會會員作品保留著作權。這個「劇作家聯誼會」只有二十七名會員。趙清閣是會員中劇作最多的一個。

一九四九年後，這位素以多產著稱的女作家仍有作品出版。我在此間書店曾購得一本《杜麗娘》，是她根據《牡丹亭》改寫的，書很薄，只有一百另六頁，由上海文化出版社印行，出版時期是一九五七年一月。在該書的〈前言〉中，她這樣說：

在改寫過程中，曾經不斷地和文藝界同志們，研究、討論，並一再修改。……

她，趙清閣，對寫作的態度就是這樣的嚴肅。將她的作品當作潮濕爆竹，是可怕的浪費。

一九七五年六月二十八日寫成
一九七九年四月八日修改

趙清閣

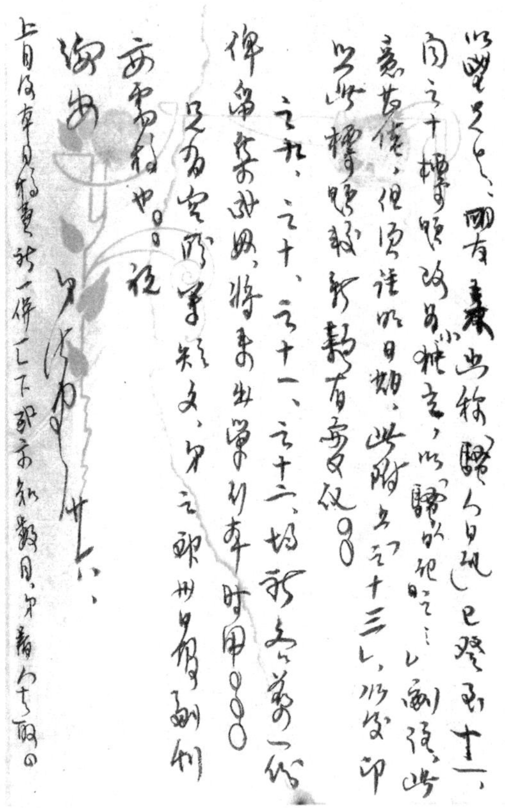

趙清閣給劉以鬯的信

編者附言

趙清閣（一九一四—一九九九），河南省信陽縣人。作家、編輯、畫家；筆名清谷、鐵公、人一。父親是清朝舉人，母親頗通詩書，在她五歲時離世。因獲作家蔣光慈（一九〇一—一九三一）夫人宋若瑜（一九〇三—一九二六）啟蒙，唸省立信陽女師附小高小時，接觸「五四」文學，走上了文藝道路。十一歲考取信陽師範學校，但不足齡未能入學。一日，她無意中聽見父親與繼母對話，要她退學嫁人，連夜帶着僅有的四塊銀元出逃。

十五歲，到開封求學。一九三一年第一次向報社投稿就獲採用。一九三三年考入上海美術專科學校，為《女子月刊》基本撰稿人。一九三四年春，寄詩文求教魯迅（一八八一—一九三六），獲接見。在左翼作家洪深幫助下，轉寫劇本。一九三六年在《婦女文化》月刊上發表第一部電影文學劇本《模特兒》。

抗戰勝利後，在上海擔任《神州日報》副刊主編，並在上海戲劇專科學校任教。出版劇集、小說及雜文、散文。

一九七六年十月後，在《人民日報》、《讀書》、《戰地》等報刊發表詩歌和散文。

作者與趙清閣的友誼，始於抗戰時的重慶，一直維持到晚年她定居上海。

本文採用香港書畫屋圖書公司一九八二年四月初版的評論集《看樹看林》（第七十七至八十三頁）的版本。

註釋

1 奧尼爾（Eugene O'Neill，一八八八－一九五三），美國劇作家，一九三六年獲諾貝爾文學獎。

2 蕭紅（一九一一－一九四二），黑龍江省呼蘭縣人。本名張廼瑩，曾用名張秀環，乳名榮華，另有筆名悄吟等。現代作家。一九四〇年一月十七日，與端木蕻良（一九一二－一九九六）從重慶飛抵香港。後病逝香港。

3 葉紫（一九一〇－一九三九），湖南益陽人。原名余鶴林，又名余昭明、湯寵。現代劇作家、小說家。

4 徐志摩（一八九七－一九三一），浙江海寧人。原名章垿，另有筆名南湖、雲中鶴等。現代詩人、散文家。曾留學英國。新月詩社（一九二三年）創建人之一，倡導新詩格律，對中國新詩的發展有重要貢獻。

5 曼殊斐爾（Katherine Mansfield，一八八八－一九二三），英國女作家。

6 曹禺（一九一〇－一九九六），祖籍湖北潛江，生於天津。原名萬家寶，字小石，小名添甲。現代劇作家。

7 洪深（一八九四－一九五五），江蘇武進人。學名達，字伯駿。劇作家，中國話劇和電影的開拓者及奠基人之一。

8 田漢（一八九八－一九六八），湖南長沙人。本名田壽昌，乳名和兒，另有筆名陳瑜。話劇、戲曲作家，電影編劇，小說家，詞作家，詩人、文藝批評家。一九三四年作詞的《義勇軍進行曲》，後來成了中華人民共和國國歌。

9 袁俊（一九一〇－一九九六），江蘇鎮江人。本名張駿祥。現代劇作家、電影導演。

10 宋之的（一九一四－一九五六），生於河北省豐潤縣。原名宋汝昭。現代劇作家。

11 老舍（一八九九－一九六六），滿洲正紅旗人，生於北京。本名舒慶春，字舍予。現代小說家、戲劇家。

12 封鳳子（一九一二－一九九六），廣西容縣人。原名封季壬，筆名禾子。現代作家。

13 趙景深（一九〇二－一九八五），祖籍四川宜賓，生於浙江麗水。戲曲研究家、作家、翻譯家、出版家。

再記趙清閣

三年前，寫過一篇〈記趙清閣〉，登在《明報月刊》上。三年來，又找到了一些有關趙清閣的資料。《開卷》編者徵稿於我，遂將所得資料略予敘述，作為前文的補充。

拙作〈記趙清閣〉中，曾提及趙清閣於勝利後在上海寄給我的信。一年前搬家時，在舊書堆裏無意中發現了另一封，是趙清閣從重慶到達上海後寫給我的，內容如後：

以鬯先生：

行前先生欠適，未知已告痊可否？念念。

廿九日下午安抵上海，近日剛安定生活，已開始《騷人日記》，茲寄上「十一」，請發表後剪寄一份。

再請將上月登載之九、十段寄下各一份，因弟無底稿也。改《和平日報》之創刊〈祝和平〉小文亦祈剪寄為感。均以航快為妥。

日前曾晤及貴報萬先生，猶詢及閣下。先生何日可來滬？行期決定之前盼預示。或有所拜託。

上月稿費祈由郵匯來，註明「上海馬斯南路郵政支局」。為感！

「日記」之十二，明後天寄奉。

匆祝

編安

弟 趙清閣 十一・七・夜

此信寫於一九四五年十一月七日，我則於是年十一月十一日由社方調滬社工作。當時，飛機票不容易購得，我到達上海大概是十二月尾的事。到了上海，因為需要做的事情太多，與趙清閣並無聯繫。

今年年初，在倫敦「亞非學院圖書館」看到《文潮月刊》合刊本，發現其中也有報道「懷正文化社」的情況的。下面是我見到的三段：

（一）「徐訏[1]所著長篇名作《風蕭蕭》，已由懷正文化社出版，每部定價五千元。」（一卷六期，頁三五四。）

（二）「姚雪垠[2]近自河南來滬，下榻懷正出版社埋首創作，聞其長篇小說《長夜》即由懷正印行問世。」（二卷五期，頁八一三。）

（三）「創作方面，有懷正出版社的姚雪垠與徐訏幾種集子。」（四卷三期，頁一五一七。）

「懷正文化社」是我創辦的。趙清閣是《文潮月刊》編輯委員。那時候，我與趙清閣一直沒有見過面，《文潮月刊》對「懷正」的情形如此清楚，出我意料之外。

趙清閣多才多藝，能編能寫之外，還能畫。《文潮月刊》三卷三期刊出趙清閣的「高爾基[3]畫像」，顯示她在另一方面的才能。此畫作於一九三五年，曾載於上海美專校刊內，誠如該刊所說：「魯殿靈光，彌足珍貴」。趙清閣雖然讀過美專，卻勤於寫作，發表的文字很多；繪畫極少。

田禽[4]在《中國戲劇運動》中說她「是一位多方面的作家」，絕非溢美之詞。《當代中國小說戲劇一千五百種提要》說她是「劇作家、小說家、短篇小說家」，未免簡略。除了《血債》、《關羽》、《瀟湘淑女》之類的戲劇創作；《雙宿雙飛》之類的長篇小說與〈落葉無限愁〉之類的短篇小說外，她還寫過戲劇理論如《戲劇寫作方法論》等；寫過文藝理論如《抗戰文藝概論》等；寫過電影劇本如《離婚》等；寫過雜文如《騷人日記》等。……她的才能確是向多方面發展的。

唯其多才，所以多產。豐富的產量，令人將注意力集中在她的作品上。關於她在感情上的事，知道的人不多。抗戰時期，由於她與老舍合著過《桃李春風》（又名《金聲玉振》），當時的文化圈內確曾有過一些傳聞。不過，與她的好友封鳳子比起來，她的感情較為含蓄。

她的好友鳳子戰後與美國人沙伯理[5]結婚，《文潮月刊》曾有報道。據說，結婚儀式是「在趙主教路新寓舉行」的。趙清閣不但參加了婚禮，而且在婚書上題辭。

戰後的趙清閣，與戰時一樣活躍。據我所知，那一個時期，她是多數住在上海的。冰心[6]曾經從東京寫信給梁實秋，裏邊有「清閣在北平」一語。（梁實秋：《看雲集》，頁三十五。）看來，戰後的趙清閣有一個時期住在北京。

關於趙清閣，我在前文中漏記了不少事情。現在，將我所知道的，補記於後：

（一）抗戰勝利後，一部分住在上海的女作家發起組織「上海婦女文藝聯誼會」。趙清閣是發起人之一。這件事，《文潮月刊》也有記載：

> 女作家白薇[7]、胡子嬰[8]、趙清閣、鳳子、鄭倚紅[9]、劉海尼[10]等近發起上海婦女文藝聯誼會之組織，旨在聯誼與研究、評判。本月二日並在清華同學會召開第一次茶會，有許廣平[11]、沉櫻[12]、羅洪[13]、陳敬

容[14]等等二十餘位。（二卷五期，頁八一三。）

（二）除將老舍的《離婚》改編為電影劇本外，趙清閣還與洪深合編過電影劇本《幾番風雨》。此片係大同影業公司出品，由何兆璋[15]導演，寫三姐妹的故事。洪深是中國劇運史上的重要人物，早在一九一五年就開始作劇，於一九二四年加入明星公司任編導，寫過不少優秀的電影劇本。對於他，寫電影劇本不會是一種吃力的工作。他之所以約趙清閣合編《幾番風雨》，是成全趙清閣的宿願。三十年代趙清閣與洪深同事於天一電影公司，要向洪深學習撰寫電影劇本。過了十多年，洪深依舊記得這件事，就具體幫助她實現這個願望。《洪深文集》第四卷有「洪深主要著作類編」，《幾番風雨》並未列入。

（三）趙清閣的《藝靈魂》是中篇小說，先在《立報》連載，後由藝海書局刊印單行本。

（四）根據《當代中國小說戲劇一千五百種提要》，戰後的趙清閣，除了《藝靈魂》，還寫了《月上柳梢頭》、《雙宿雙飛》、《江上煙》、《鳳》等幾部長篇小說。她的《雙宿雙飛》是在《申報》連載的，我在前文已提及。

（五）《文藝月報》總第六十期（一九五七年十二月五日出版）封底是新文藝出版社的新書廣告，其中有趙清閣著：《賈寶玉與林黛玉》，係劇本。

（六）《清風明月》是趙清閣寫的多幕劇，由華中圖書公司出版；但《光榮的戰鬥》大概不是她的作品。

（七）《落葉》，由商務印書館出版，是趙清閣的短篇小說集。

（八）一九四九年後，趙清閣寫過五部電影劇本：《蝶戀花》、《自由天地》、《女兒香》、《鳳還巢》、《向陽花開》，都曾攝成電影。

（九）一九七八年，趙清閣寫過一部電影劇本：《粉墨青青》，已發表，尚未攝製。

（十）她寫過一部越劇本：《桃花扇》，由上海雜誌公司出版。

（十一）她還根據民間傳說寫了兩部中篇小說：《梁山伯與祝英台》和《白

蛇傳》。

（十二）一九七八年杭州《西湖》雜誌第十一期發表了她的〈新的開端〉。

（十三）一九七九年，她寫了幾首詩發表在三月廿五日上海《文匯報》及四月十七日《浙江日報》。她的〈我怎樣從寫小說到寫劇本〉則發表在本港出版的《海洋文藝》。

（十四）此外，她還發表過不少獨幕劇本、短篇小說、散文與劇影理論，因為沒有收入集子，現在不容易找到了。至於其他的作品，本文沒有提到的，《當代中國小說戲劇一千五百種提要》都有記載。

趙清閣不是一位名氣很大的作家，她那辛勤的耕耘，是不應該忽視的。

一九七八年九月二日寫成

一九七九年六月二日補充

編者附言

趙清閣「在感情上的事，知道的人不多」，略述於下：

一九三八年，趙清閣到武漢，參加中華全國文藝界抗敵協會，當協會常務理事和總務主任老舍的秘書。她剛柔兼具，老舍幽默、智慧和勤奮，相互吸引。老舍序趙的小説《鳳》説，她瘦弱而勇敢，能吃苦能冒險，主編《彈花》文藝半月刊不能維生，卻像中了魔一樣堅持着。不久，局勢緊張，兩人赴渝，形影不離。一九四三年，兩人合寫話劇《桃李春風》。同年秋，胡絜青（一九〇五－二〇〇一）帶着孩子，歷三個餘月，從北平去了重慶。十多天後，才到北碚與老舍重逢。胡絜青讓老舍二十天內作出抉擇。老舍思量，一是寫作「密侶」；一是兒女的娘、老媽的媳，不能在戰火中拋下她。

終於，趙離渝赴滬。老舍隨後追去，胡絜青一個月後也帶孩子趕來。趙提出「各據一城，永不相見」，遂留滬直到病逝；而老舍則定居北京。

一九四六年三月，老舍應美國國務院邀請前往講學，給趙寫信說，在馬尼拉置了房產，可前往同居。其實，只是幻想而已。

之後，趙寫了有自傳味道的短篇小說〈落葉無限愁〉，講述未婚的年輕才女畫家燦與有妻兒的中年教授邵環相愛，最後離散的故事。燦對邵說：「我們是活在現實裏的，現實是會不斷地折磨我們！除非我們一塊兒去跳江，才能逃避現實。」不幸一語成讖，一九六六年八月二十四日，老舍突遭打擊、走投無路，黯然自沉北京舊城外的太平湖。

趙清閣聞訊沉默，與娖姆吳嫂相依為命。她收藏的老舍手札、硯台、扇面、痰盂等，成了唯一的精神寄託。晚年，將書畫捐給了重慶及上海博物館，只留了四十七歲生日時，老舍的贈聯：「清流笛韻微添醉，翠閣花香勤著書。」掛在案前牆上，陪她度過了一個又一個春秋。去世前，她燒毀兩人來往的全部書信，箇中酸甜苦辣與是非曲折化為雲煙。

本文採用香港書畫屋圖書公司一九八二年四月初版的評論集《看樹看林》（第八十五至九十頁）的版本。

註釋

1 徐訏，見本書〈憶徐訏〉。

2 姚雪垠（一九一〇—一九九九），河南鄧州人。現代小說家。

3 高爾基（Алексей Максимович Пешков，一八六八—一九三六），原名阿列克賽・馬克西姆維奇・彼什科夫，俄國作家、詩人、政論家、學者。

4 田禽（一九〇七—一九八四），河北新安人。原名子勤。一九五一年任教湖北教育學院戲劇系。有多種關於戲劇的譯著問世。

5 沙伯理（沙博理，一九一五—二〇一四），美籍猶太人，生於紐約。翻譯家。原名 Sidney Shapiro，中文名取意「博學明理」，與封鳳子結婚後改入中國籍。

6 冰心（一九〇〇—一九九九），福建長樂人。本名謝婉瑩。散文家、翻譯家。一九二三年燕京大學中文系畢業後，留學美國威爾斯利女子學院。曾任教燕京、清華大學國文系。

7 白薇（一八九三—一九八七），生於湖南興寧。原名黃彰，現代作家。

8 胡子嬰（一九〇九—一九八二），浙江上虞人。原名胡曉春，筆名宗霖。一九二九年杭州女子師範學校畢業。一九四五年參與發起成立中國民主建國會。

9 鄭倚紅（？－？），生平不詳。

10 劉海尼（？－？），浙江溫州人。一九三五至一九三七年留學東京，一九四七年後，曾任中央出版總署編審。有話劇、詩劇及電影文學劇本、中篇小說等行世。

11 許廣平（一八九八－一九六八），廣東廣州人。原名許崇嫻，筆名景宋。魯迅夫人。

12 沉櫻（一九〇七－一九八八），生於山東濰縣。原名陳鍈，另有筆名小鈴、陳因等。現代作家、翻譯家。詩人梁宗岱前妻。一九四九年去台灣任中學教員；一九六七年退休後赴美定居，直到病逝。

13 羅洪（一九一〇－二〇一七），生於江蘇松江。原名姚羅英，又名姚自珍。現代小說家、文學編輯。

14 陳敬容（一九一七－一九八九），原籍四川樂山。本名陳懿範。一九三二年春讀初中，開始寫詩。一九四八年參與創辦《中國新詩》月刊。九葉詩派成員。

15 何兆璋（一九一五－一九九八），祖籍浙江定海，生於上海。中國第一代錄音師。一九四一年在上海任導演。抗戰勝利後曾來港。一九四九年執導上海大同公司《幾番風雨》等片。

記陸晶清

一

一九二六年八月十二日，魯迅在他的日記中記下這麼一句：

……得呂雲章[1]、許廣平、陸秀珍信。

陸秀珍就是陸晶清。

這封信的內容是：

XX先生函丈程門

立雪承訓多時幸

循循之有方愧駑才之難教而乃年屆結束南北東西雖尺素之可通或

請益之不易言念及此不禁神傷吾

師倘能赦茲愚魯使生等得備薄饌於X月X日下午十二時假西長安

街XX飯店一敘俾罄愚誠不勝厚幸肅請

鈞安

陸晶清

學生　許廣平　謹啟

呂雲章

雖然三個人具名，信是許廣平寫的。根據《魯迅日記》下卷第五八八頁，魯迅於十三日「午赴呂、許、陸三位小姐們午餐之招，同坐有徐旭生[2]、朱逷先[3]、沈士遠[4]、尹默[5]、許季市[6]。」同月十五日，魯迅寄了一封短簡給許廣平，文筆摹擬原信，《魯迅全集》第十卷刊有此信的手稿。

同月廿一日，魯迅在日記中將「晶清」寫成「晶卿」，諒係筆誤。

陸晶清是許廣平的同學，也是許廣平的好朋友。許廣平在給魯迅的信中這樣寫陸晶清：

> ……晶清雖則自己未能有等身的著作，除新詩外，學理之文和寫情的小說，似乎俱非性之所近，但她交遊廣，四處供獻材料者多，所以〈婦周〉居然支持了這些期。現在呢，她去了，恐怕純陽性的作品，要佔據〈婦周〉了（除波微一人）。……（《魯迅全集》第九卷頁五四）

許廣平說陸晶清能寫新詩，是對的。陸晶清的《低訴》，在那時候應該算是相當好的「新詩」了。但是，許廣平說「學理之文和寫情的小說，似乎俱非性之所近」，就不對了。陸晶清寫過一本書，題為《唐代女詩人》，是學理之文。此外，她的《素箋》，寫給十個男人的信，「極具說服力與娛樂性，可以視作敘事的散文或小說」（見蘇雪林[7]《當代中國小說和戲劇導言》）。此外，在趙清閣編的《無題集》中，她也有一個短篇。這個短篇題名〈河邊公寓〉，是旅英期的作品，相當精彩。

二

「陸晶清，原名秀珍，雲南昆明人，當時北京女子師範大學學生。著有詩集《低訴》。」——這是《魯迅全集》第九卷第三七五頁的註釋。

陸晶清另外有個名字叫做「小鹿」。

魯迅於一九二九年五月十七夜寫給許廣平的信中有這麼一段：

關於咱們的事。聞南北統一後，此地忽然盛傳，研究者也頗多，但大抵知不確切。我想，這忽然盛傳的緣故，大約與小鹿之由滬入京有關的。（《魯迅全集》第九卷頁二四九）

這裏的「小鹿」，就是陸晶清。凡是認識陸晶清的人，多數將她喚作「小鹿」。謝冰瑩[8]在記「孫伏園[9]」時，一開頭就這樣寫：

「伏老不知道怎樣了？」

林語堂先生從美國回來定居台灣，我去看他，他很關心地問起孫伏園先生。

「您在美國也得不到一點關於他的消息嗎？」

「沒有，還有小鹿呢？」

「三十八年我接過小鹿一封信，以後就沒有消息了。」（《作家印象記》頁一〇一）

謝冰瑩關心小鹿，是極其自然的事。她與小鹿是好朋友。在〈平凡的半生〉中，她說：

> 到北平後因為距考試還有三個多月，所以先在河北民國日報和小鹿一同編副刊……（《女作家自傳選集》頁二三七）

一同編過副刊，所以對晶清的認識特別深刻。她說：陸晶清「長得又矮又小」，大家樂得將她喚作小鹿。

說陸晶清「長得又矮又小」，倒是一點也不誇張的。在戰時的重慶街頭，陸晶清與身高六呎的文人在前邊走；我與另一位朋友在後邊跟，我們就說：「他們在互相諷刺！」

三

陸晶清是王禮錫的妻子。

王禮錫，筆名王摶今，編過巨型刊物《讀書雜誌》，著有《李長吉[10]評傳》、《市聲草》、《去國草》、《海外雜筆》、《海外二筆》等。一九三九年，作家們組織「戰地訪問團」，由他擔任團長。他在晉南訪問時染上黃膽病，送往洛陽，不治身亡。

葛一虹[11]說他是「這樣的溫和，慈祥而又富有學者風度。……」（〈悼念王禮錫先生〉）

錢歌川[12]說「禮錫長於舊詩，出國前曾出版《市聲草》，分贈各友人，以作留別紀念。精裝一冊，典雅可愛。書中有一部分為風懷之作，專寫其與小鹿的戀愛經過，讀之令人艷羨不置。……」（〈紀念王禮錫〉）

關於王禮錫與小鹿的戀愛經過，《唐代女詩人》一書的序文中，有一段文字相當精彩。此書為陸晶清所寫，序文則由王禮錫執筆。

……每天清早，晶清抱着一大包書來，做她寫《唐代女詩人》的參考，有時還為我帶些寫《李長吉評傳》的參考書，每天寫一個上午，對坐在破方桌的兩旁，低着頭一聲不響地寫，倦了時又來作上天下地的漫談。……（《唐代女詩人》第三頁）

這篇序，作於一九三〇年十二月十日。翌年，他們在日本結婚。兩年後，赴英定居。一九三八年回國。一九三九年王禮錫死於洛陽。陸晶清與王禮錫的「歡愉的生活」於焉結束。

四

陸晶清甚麼時候參加重慶《掃蕩報》工作，我不知道。我進入《掃蕩報》時，她是《掃蕩副刊》的主編。她住在社長家裏，我們則在李子壩編輯部。雖然如此，見面的機會並不太少。有時，我們到社長家裏去看她，有時她走來李子壩探望我們。在我們心目中，她是「大姐」。她常常將社長方面的「消息」告訴我們，我們有甚麼要求，多數請她轉達。

她是一個和藹可親的小婦人，雖然長得特別矮小，頭腦卻靈活得很。她的談吐與她的新詩一樣，充滿機智。討論問題，每能切中事理；興致高的時候，講幾句幽默話，總會引得大家笑不可仰。

她樂於助人。我在《掃蕩報》工作時，她曾經給我不少幫助。譬如說：我兼編的《國民副刊》，為了充實內容，需要一個有分量的長篇創作，請她幫忙，她就介紹焦菊隱[13]與我相識，請他為《國副》撰寫長篇。

我初進《掃蕩報》時，社長指派我的工作很特別：聽廣播。

我從未做過這種工作，也不知道自己是否能夠勝任。不過，社長既然要我聽廣播，我是不能不聽的。所謂「聽廣播」，並不是收錄全世界通訊社發出的電報，而是將全世界各電台的英語新聞報告扼要記下後，譯成中文。這種工作，不但我沒有做過，在我之前也沒有人做過。我不相信我會將這種工作做得很好；事實上，在最初的一個短期中，雖然很用心地收聽倫敦、舊金山與安哥拉等地的英語新聞廣播，卻一點表現也沒有。因此，當陸晶清到李子壩來的時候，我向她表示：社長派給我的工作，我不會做。

她鼓勵我做，認為這不能算是十分艱難的工作，做熟了，一定會有成績做出來。

話雖如此，我總覺得「聽廣播」的工作不是我能勝任的。我曾經考慮過辭職，只是沒有勇氣向社長提出。

有一天晚上，我在資料室收聽倫敦 BBC 的新聞報告時，忽然聽到一則重要的新聞。新聞的內容很簡單，只有這麼一句：

「日本聯合艦隊總司令 Koga 海軍上將陣亡。」

我將這句話迅速記下後，隨即遇到一個不易解決的問題。我是不懂日文的，不知道 Koga 的中文應該怎樣寫。資料室裏只有我一個人，沒有別的同事可以幫助我解決這個問題。這是一則非常重要的新聞，必須將 Koga 的漢文查出。資料室雖然也有一些參考書，卻沒有日漢字典之類的書籍。在這種情形下只好將資料室的藏書全部翻閱一遍，直到凌晨兩點敲過，才在一本小冊子中找到問題的答案：日本聯合艦隊總司令的名字叫做古賀峯一。

我將新聞寫在白紙上，囑勤務兵送交總編輯。總編輯讀過這則新聞，大踏步走入資料室，向我詢問時，臉上呈現不可掩飾的緊張。他怕我聽錯；我說不會。

總編輯大踏步走去排字房，因為那時已截稿。

在編輯部工作的人，都有遲起的習慣。第二天，當我醒轉時，已是十一點。盥漱過後，查閱各報。首先，我看到當天出版的《掃蕩報》以「敵聯合艦隊總司令古賀峯一陣亡」為頭條。然後翻閱其餘各報，竟沒有一家刊登這則新聞。我以為我已為本報找到獨有新聞——而且是這樣重要的獨有新聞，暗自高興。但是，當我走去編輯部時，因此事而產生的喜悅頓時消失。編輯部的氣氛很緊張，總編輯與其他幾位同事坐在那裏，臉上都有過分嚴肅的表情。問一位同事，才知道社長為了這則新聞正在擔憂。我當即打電話給陸晶清，詢問情形。她告訴我：社長在家裏踱來踱去，憂心似焚。理由是：像這樣重要的新聞，其他的通訊社怎會不發消息？

聽了這話，我也擔憂起來了。雖然我相信我沒有聽錯，對於收聽廣播，終究是沒有經驗的。

回入資料室，坐在那裏發愣。稍過些時，陸晶清又打電話來了。她勸我不要擔憂，說是每個人都會在工作上犯錯的。就算聽錯，也不成問題。大家都是在錯誤中獲得進步的。

「如果事實證明我聽錯了，我一定辭職。」我說。

陸晶清說了幾句勸慰我的話語後，掛斷電話。

那天晚上，《新民晚報》的頭條新聞也是「敵聯合艦隊總司令陣亡」。我看了大字標題，喜不自勝，立即打電話給陸晶清，將這件事告訴她。她用平直的語調告訴我：《新民晚報》的消息是轉載《掃蕩報》的，社長打電話去問過了。

到了吃飯的時候，我一口也吃不下。我放下筷子，走去資料室寫辭呈。寫到一半，電話鈴聲突作，拿起聽筒，就聽到陸晶清用興奮的口氣對我說：「同繹，告訴你一個好消息！日本聯合艦隊總司令陣亡的新聞已獲證實！社長高興極了，對你稱讚不已，說你為《掃蕩報》立了一大功！」

五

戰爭沒有結束，陸晶清決定到英國去居住了。動身之前，她到李子壩來找我；我已進城。她留下這樣一封信：

同繹：

我本日到報社辭行，怕碰不見你，先寫好此信代面辭。《國民副刊》稿我實在無時間寫，對不住！但出去後必有以報命。伏老當再代逼一次。

《幸福》事以後你直接與陳曉六[14]通訊，他所介紹的幾位，望你按時寄出去，不要失信，因他會再替你拉也。

我出國後一定會常找材料供給你們寫或譯，不要別的報酬，只希望你們常寫信。離開祖國的人，盼望國內的信有如餓了想吃一樣迫切。我的通訊處如下：

C/O Mr. S. I. Hsuing,
Iffley Turn House,
Oxford, England.

希望到英就讀到你的信。匆此祝

一切都好！

晶清

這封信的內容，有些地方需要略加解釋。（一）同繹是我的原名。（二）《國民副刊》是重慶《國民公報》的副刊。那時候，我在《掃蕩報》工作，同時兼編《國民副刊》。（三）伏老是孫伏園。抗戰期間，孫伏園住在上清寺，辦中外出版社。陸晶清曾介紹我與伏老相識，我想請伏老為我編的副刊寫稿，唯恐碰釘子，只好請陸晶清代約。（四）《幸福》是我在戰時辦的小型刊物，每週出版一次。陸晶清曾經為我拉過一些好稿。（五）陸晶清抵英後，信件是由熊式一[15]先生轉的。

從信內提到的種種來看，可以知道陸晶清是多麼的樂於幫助別人。

陸晶清赴英後，她的《掃蕩副刊》由我接編。這件事，當然是黃社長[16]決定的；不過，我相信陸晶清曾在黃社長面前大力推薦。

到了英國，她曾經寫過幾封信來。在一封信中，她說：英國人身材高大，她的身材特別矮小，走去買皮鞋時，只好買童鞋。

六

陸晶清寫作態度嚴謹，作品不多，據我所知，比較重要的，有下列幾種：

（一）《素箋》 神州國光社出版 一九三〇年

（二）《唐代女詩人》 神州國光社出版 一九三一年

（三）《低訴》 神州國光社出版 一九三二年

（四）《流浪集》 神州國光社出版 一九三三年

此外，她還編過一本《現代小品文精選》，為「新青年修養叢書」之一，一九四一年一月由言行社出版。

她的新詩，是格律詩，寫得整整齊齊，屬於聞一多[17]所說「麻將牌式的格式」。喜歡〈死水〉與〈紅燭〉的人，大概也會喜歡《低訴》。

作為中篇小說，《素箋》的寫作技巧在那個時代，應該算是新鮮的。蘇雪林在《當代中國小說和戲劇導言》中說《素箋》的形式完全出於作者獨創，並非溢美之詞。陸晶清寫這篇小說時，不但將自己寫了進去，而且記錄了自己的真摯的感情。

對於陸晶清，萬里奔喪是一次「悲慘的旅行」。許廣平寫給魯迅的信中有這麼一段：

……晶清前日已得自滇來電，說是「父逝速回」。她家中只有十三齡的弱弟和一個繼母，她是一定要回去料理生和死的，多麼不幸呀！（《魯迅全集》第九卷頁五四）

關於這件事，她在《海上日記》（作於一九二八年十月廿三日）中也曾提過：

在我漂泊的生涯中這算是第二次悲慘的旅行。首一次是兩年前奔父

親的喪，這一次是為了歸去哭新死的評梅[18]。（《現代女作家日記》頁六九）

她沒有在《海上日記》中描寫這「首一次的悲慘的旅行」，卻在《素箋》第六節中，記下了自己的感受：

是殘春時候，一個美麗的傍晚，我和波微正在丁香花下細語，父親病故的噩耗突然的傳到了。天！那時候我只慘呼一聲便昏厥了撲在波微的懷裏，到醒來時是已睡在寢室裏自己的床上，床前圍站着許多同學和舍務主任W先生。在她們的勸慰中我悲切的哭着又重複昏厥了幾次，最使我痛心的是波微的一句話，她抹着淚扶着我的頭說：「可憐的鹿！從此後你是無父無母的孤兒了！」為了她說那一句話，引動床前站着的同學們都陪着我流淚了。

這就是《素箋》，陸晶清寫的。陸晶清，一個聰明的、樂於助人的、充滿同情的小婦人，在很年輕的時候就寫下了這樣的詩句：

只天知道，我呵心似殘碑蝕古苔！
萬里飄零，身負重創默咽着悲哀。

一九七六年四月廿五日

陸晶清

陸晶清給劉以鬯的信（劉以鬯：《看樹看林》，香港：書畫屋圖書公司，一九八二年。）

編者附言

陸晶清（一九〇七－一九九三），雲南昆明人。原名陸秀珍，筆名小鹿、娜君、梅影。一九二二年秋，入北京女子高等師範文科班，師從魯迅。畢業後，編輯過《京報》副刊〈婦女周刊〉；還與女作家石評梅（筆名波微，一九〇二－一九二八）合編《世界日報》副刊〈薔薇〉。後任神州國光社編輯。一九二六年三月十八日，為反軍閥混戰，要求廢除所有不平等條約，參加天安門的學生大遊行，遭當局鎮壓受傷。一九二七年三月，中共創始人之一李大釗（一八八九－一九二七）介紹她到武漢國民黨中央黨部，當婦女部長何香凝（一八七八－一九七二）文書。四月，國共分裂，入「準共」黑名單，脫離國民黨。翌年，重進北京女師大文學系深造，課餘主編河北《國民日報》副刊。

一九三一年赴日與王禮錫（一九〇一－一九三九）結婚，數月後回滬。

一九三三年，王因反蔣（介石）活動被通緝，她陪同流亡倫敦。一九三九年初（本文說是一九三八年）回國，當選為中華全國文藝界抗敵協會理事。後在重慶主編《掃蕩報》副刊。一九四五年春以《和平日報》（前為《掃蕩報》）特派記者身份赴歐，採訪巴黎首次世界婦女代表大會、倫敦聯合國首次大會及紐倫堡國際軍事法庭對納粹首要戰犯的審判。一九四八年初回國，任《和平日報》副總編輯。

一九四九年，於上海財經學院教國文，為海外僑報撰稿。一九五七年，因響應「大鳴大放」和往昔複雜身份，劃為「右派」。好友趙清閣在〈陸晶清逝世週年誄〉裏說了當年境況：「她讓娱姆到襄陽公園見我，不到我家，怕連累我。我想知道她是犯了甚麼錯誤？娱姆說她自己也搞不清楚，要我不必惦記，不會有問題，等她檢查完了就來看我。」「我猜想她的錯誤可能就是『禍從口出』，由於她的直言不諱引起了麻煩。」「她後來變得謹言慎行，不像過去那麼活躍了。」（見《新文學史料》一九九四年第三期）一九六〇年春，

「右派」摘帽。一九六五年退休，與唯一的侄女相處不諧。

作者與陸晶清的友誼，始於抗戰期間他在重慶進《掃蕩報》時，一直維持到晚年她定居上海。

本文採用香港書畫屋圖書公司一九八二年四月初版的評論集《看樹看林》（第五十一至六十三頁）的版本。

註釋

1 呂雲章（一八九一－一九七四），山東福山人，生於江西南昌。一九二五年加入國民黨。一九二六年畢業於北京女子高等師範。一九四五年當選黨中央委員。一九四九年赴台。

2 徐旭生（一八八八－一九七六），河南唐河人。名炳昶，字旭生，筆名虛生。考古及歷史學家。一九一三年入巴黎大學讀哲學。一九二一年為北京大學哲學系教授。

3 朱逷先（一八七九－一九四四），浙江嘉興人。原名朱希祖，字逷先，又作迪先、逖先。歷任北京多所大學、中山大學及中央大學教授。

4 沈士遠（一八八一－一九五五），原籍浙江吳興，生於陝西漢陰。莊子專家。與弟沈尹默、沈兼士（一八八七－一九四七）並稱「北大三沈」。曾任北京高等師範等校教授；新中國成立後，為故宮博物院文獻館主任。

5 尹默（一八八三－一九七一），本名沈尹默，字中、秋明，號君墨，別號鬼谷子。學者、詩人、書法家。早年留日，後任北京大學教授，《新青年》雜誌編委。

6 許季市（一八八三－一九四八），浙江紹興人。又名許壽裳，字季茀、季黻、季芾，號上遂。學者、傳記作家。一九〇二年留日，是魯迅、周作人終身摯友。曾任北京大學教授。一九四六年主持台灣編譯館，後任教台灣大學，在宿舍遇刺身亡。

7 蘇雪林（一八九七—一九九九），祖籍安徽太平，生於浙江瑞安。現代作家、學者。

8 謝冰瑩（一九〇六—二〇〇〇），湖南新化人。現代作家。

9 孫伏園（一八九四—一九六六），浙江紹興人。原名福源，筆名伏廬、伯生等，學者、作家。一生從事平民教育，主編過六個報紙副刊，有「副刊大王」之譽。

10 李長吉（七九〇—八一六），河南福昌人。即「鬼才」李賀。與李白、李商隱並稱唐詩「三李」。

11 葛一虹（一九一三—二〇〇五），上海嘉定人。戲劇理論家、翻譯家。

12 錢歌川（一九〇三—一九九〇），湖南湘潭人。現代作家、英語學者。

13 焦菊隱（一九〇五—一九七五），天津人。戲劇導演、理論家、翻譯家。

14 陳曉六（？—？），生平不詳。

15 熊式一，見本書〈我所認識的熊式一〉。

16 黃社長，即黃少谷（一九〇一—一九九六），湖南南縣人。國民黨政要。抗戰時曾任《掃蕩報》社長。

17 聞一多（一八九九—一九四六），湖北浠水人。本名聞家驊，字友三。詩人、學者。一九二四年畢業於科羅拉多大學。一九三二年任清華大學國文系教授。在昆明被國民黨特工暗殺。

18 評梅，即石評梅。

記葉靈鳳

一

認識葉靈鳳，是在一九五一年。那時，星島日報有限公司計劃出版《星島週報》。

《星島週報》出版前的樣本，由我設計。根據這個樣本，社方曾舉行過一次籌備會議。參加者，除林靄民[1]社長外，還有十二位編輯委員。葉靈鳳是其中之一。

開會時，X[2]先生提議《星週》的內文應該印在不同顏色的紙張上。葉靈鳳不贊成這種做法，用揶揄的口氣說：

「像X先生寫的小說，印在黃色的紙張上，再合適也沒有了。」

X先生不甘示弱，立刻還以「顏色」：

「像葉先生寫的文章，就該印在紅色的紙張上！」

二

《星島週報》每期附有畫刊，由梁永泰[3]編輯；其中不少珍貴圖片都由葉靈鳳提供，並加說明。葉靈鳳學過畫，對考證工作也有濃厚的興趣，每一次供給《星週》用的圖片，諸如「五百羅漢」、「中國現存最古的木構建築」、「毒蛇世家」、「中國古俑精華」、「慈悲妙相」、「武梁祠畫像」、「蘭亭遺韻」、「十八世紀揑造的台灣志」、「米顛石丈[4]」、「三合會的秘密」、「達文西[5]誕生百年紀念」、「古墨圖譜」之類，都是極好的材料，不但豐富了《星週》的內容，還提高了《星週》的水準。除了圖片與圖片說明外，葉靈鳳幾乎每期都有文字稿交給我們。稿子的範圍很廣，有的談香港掌故，如〈張保仔[6]事跡考〉；有的談美術，如〈名畫和名畫家的故事〉；有的談文學，如〈王爾德[7]《獄中記》的全文〉；有的談習俗，如〈刺花與民俗〉；有的則是考證，如〈中外古今的財神〉。

葉靈鳳為《星週》寫的稿子多數署「葉林豐」；圖片說明只加一個「豐」字。

三

一九六三年三月一日，《快報》創刊，葉靈鳳為我編的副刊撰寫〈炎荒艷乘〉，署名「秋生」。

葉靈鳳為《快報》寫的文章，多數是從俗的。我曾經接到一位讀者的來信，剪下葉靈鳳譯述的《玩家回憶錄》第六十節，用藍筆劃出如下一節文字：

其中有一個節目是，她們採取了某一種姿勢，再借助於手指，深入不毛的洞穴深處，在那裏不停的翻騰攪動，直到找到了仙泉的泉眼，然後就有一道泉水飛射而出。

那讀者將剪報寄來，因為他認為副刊不應該刊登這一類的文字。收到這位讀者的來信後，使我想起葉靈鳳在一九五二年一月三日發表的〈我的文章防線〉。那篇文章中，他這樣寫：

翻開日記簿，檢討一下自己過去一年的工作，雖然也讀了不少的書，買了不少的書，寫了不少的文章，但可以稱得上成就的，覺得仍只有一件，那就是自己的文章防線還不曾被突破。

在香港，煮字謀稻粱，不會不受到商業社會的壓力，能夠堅守「文章防線」的，少之又少。記得有一次，在新聞大廈旁邊的人行道上遇到葉靈鳳，他感慨地對我說：「香港有很多小說，只是創作太少了。」

我說：「小說在這裏容易變錢，絞盡腦汁寫出來的創作，往往連發表的地方也找不到。」

四

曹聚仁[8]曾經對我說過：「朋友中，書讀得最多的，是葉靈鳳。」

後來，《四季》雜誌在中環紅寶石餐室舉行座談會，我將曹聚仁講過的話告訴葉靈鳳。葉老點點頭，承認自己是個喜歡讀書的人，像二十四卷的《閱微草堂筆記》，也曾從頭至尾讀過一遍。

在座談會上，也斯提到加西亞．馬蓋斯[9]的作品，問葉靈鳳對這位作家的看法。葉靈鳳搖搖頭，說是沒有讀過。也斯又提到 *Books Abroad*，葉靈鳳表示希望能夠讀到這本雜誌。也斯答應借給他。第二天，也斯到報館來，囑我將書轉交葉靈鳳。過幾天，葉靈鳳到《快報》來拿稿費，用興奮的口氣告訴我：他已找到加西亞·馬蓋斯的作品，且已仔細讀過。那時候，他的視力很差，白內障眼疾已到了相當嚴重的階段。

《四季》要出「穆時英[10]專輯」，問他：「有沒有穆時英的照片？」他說：「也許會有，不過找不到了。如果視力不這麼差的話，可以憑記憶畫一幅出來。」

由於視力太差，他曾向我詢問參加座談會的《四季》幾位創辦人的姓名與當時坐的位置。那幾位都是也斯的朋友，我不熟，只好請也斯將座談會的情形畫出，註以姓名與位置，交給葉靈鳳。

葉靈鳳與魯迅一樣，很願意與愛好文藝的青年接近。舉行過座談會後，他對我說：「甚麼時候請這班年輕朋友到我家裏去喝茶。」

五

提到魯迅，就會想起葉靈鳳與他的那一場筆戰。在〈上海文藝之一瞥〉中，魯迅這樣挖苦葉靈鳳：

——在現在，新的流氓畫家出現了葉靈鳳先生，葉先生的畫是從英國的畢亞茲萊（Aubrey Beardsley）剝來的，畢亞茲萊是「為藝術的藝術」派，他的畫極受日本的「浮世繪」（Ukiyoe）的影響。（《魯迅全集》第四卷頁二三〇）

葉靈鳳的長篇創作《窮愁的自傳》，刊於《現代小說》第三卷第四期。在小說中，葉靈鳳寫下這麼一句：

——起身後我便將十二枚銅元從舊貨攤上買來的一冊《吶喊》撕下三頁到露台上去大便。

葉靈鳳這一刀，並沒有將魯迅砍傷。相反，魯迅還作了這樣的反擊：

——還有最徹底的革命文學家葉靈鳳先生，他描寫革命家，徹底到每次上茅廁時候都用我的《吶喊》去揩屁股，現在卻竟會莫名其妙的跟在所謂民族主義文學家屁股後面了。（《魯迅全集》第四卷頁二三五）

魯迅罵葉靈鳳「跟在所謂民族主義文學家屁股後面」，不是沒有根據的。一九三一年四月二十八日左翼聯盟發出開除葉靈鳳的通告，其中有這樣一段：

葉靈鳳，半年多以來，完全放棄了聯盟的工作，等於脫離了聯盟，組織部多次的尋找他，他都躲避不見，但他從未有過表示，無論口頭的或書面的。最近據同志們的報告，他竟已屈服於反動勢力，向國民黨寫「悔過書」，並且實際的為國民黨民族主義文藝運動奔跑，道地的做走狗。……

不過，這是發生在三十年代的事。那時候，葉靈鳳年紀很輕。

根據阮朗[11]所寫的〈葉靈鳳先生二三事〉，上了年紀的葉靈鳳曾到「魯迅紀念館」去看過魯迅，認為他和魯迅那樁「公案」已經了卻了。

六

魯迅在另一篇雜文中也曾提及葉靈鳳。文章的題目是：〈文壇的掌故〉，收在《全集》第四卷中，卷末的註釋有這麼幾句：

> ……葉靈鳳，當時曾投機加入創造社，不久即轉向國民黨方面去，抗日時期成為漢奸文人。（《魯迅全集》第四卷頁五〇九）

葉靈鳳在「抗日時期成為漢奸文人」，令人難於置信。

七

前些日子，買到一本舊書，書名《山城雨景》，作者名叫「羅拔高[12]」，扉頁印有「香港占領地總督部報道部許可濟」等字樣，出版於一九四四年九月一日，卷首居然有葉靈鳳的序文。

在這篇序文中，有一句話給我的印象最深。這句話是：「使你不敢相信而終於不得不相信。」

八

葉靈鳳對工作極有熱忱，雖然患了眼疾，雖然滿頭白髮，仍在寫作，仍在編輯〈星座〉。由他主編的〈星座〉，在這個「商」字掛帥的社會裏，能夠維持那樣高的水準，足見他有一份可愛的固執。

在《星島日報》編輯〈星座〉時，給同事們的印象是一位厚重的長者。有些對新文學不感興趣的同事，不但不知道他是「創造社」的老作家，而且不知道他對中國新文學史曾經作過貢獻。縱然如此，葉靈鳳在報館工作時，很受同事們的尊敬。同事們多數將他喚作「契爺」。

每一次葉靈鳳到《快報》拿稿費，發稿費的人就會笑嘻嘻的對他說：「契爺，請坐。」

葉靈鳳走來《快報》領稿費時，見到我，總會跟我兜搭幾句。

九

有一次，排字房的工友拿了葉靈鳳的手稿走來，對我說：

「這篇稿子字數不夠！」

「差多少？」我問。

「差五百多字。」

「這是不可能的。」

「不信，你自己點算一下。」工友將葉靈鳳的原稿攤在我面前。

原稿上的字，寫得很大。

「這是怎麼一回事？」我問。

「葉先生患了白內障，視力很差，作稿時寫的字越來越大。前些日子，一千字寫八百，我總在文末塞一塊小電版的。後來，一千字只寫六七百，必須塞以一塊較大的電版。但是這篇稿子，雖然寫滿兩張稿紙，排出來只得四百多！」

這種情形顯示他的眼疾已到了必須施手術的階段。

十

一位愛讀書、愛寫作的老作家因眼疾而受到的痛苦，是不難想像的。他曾經告訴過我：他的女兒買了一個德國放大鏡給他。這放大鏡，剛開始的時候還有些用處；日子一久，用處就不大了。

有一次，他走來《快報》編輯部與我閒談。談到他的眼疾，我問：「你能夠看到我嗎？」

「看到的。」

「看得清眼鼻口耳？」

「看不清。我見到的你，只是模模糊糊的一團。」

談話時，我們之間的距離只有三四呎。

十二

三四年前，一位朋友在尖沙咀一家酒樓請吃晚飯，談到葉靈鳳，徐訏與朱旭華[13]都說很久沒有見到他了，要我打電話約他出來喝下午茶，談談。

我打電話給葉靈鳳，將徐訏與朱旭華的意思告訴他，他聽了，立即接受，約好在大會堂二樓的餐廳喝茶。

到了約定的日期，我與徐、朱兩位先到。剛坐定，葉靈鳳偕同他的太太走來了。葉靈鳳的精神很好，也很健談。徐訏、朱旭華與葉靈鳳都是幾十年的老朋友了，可談之事固多，可談之人也有不少。大家坐在U字形的大沙發裏，毫無拘束地談往事，談現代書店老闆洪雪帆[14]、談邵洵美[15]、談施蟄存、談曹聚仁……

談到曹聚仁，葉太太說曹聚仁到澳門鏡湖醫院去養病之前，曾將他的愛犬送給葉靈鳳。葉靈鳳一向喜歡貓狗，家裏養了很多隻，曹聚仁離港時無法攜同愛犬前往澳門，託葉老照顧，葉老欣然允諾。

十二

《四季》創辦人有一個計劃，每期撥出一部分篇幅，「介紹三四十年代文壇上比較被人忽略的作家的作品」（《四季》第一期頁二十七）。葉靈鳳對這個計劃極表贊同，並向《四季》創辦人建議：「下一期可以介紹蔣光慈[16]。」

從這一點看來，葉靈鳳是很欣賞蔣光慈的作品的。不過，當他作此提議時並沒有將理由講出。我們不知道他之重視蔣光慈的作品，是以作品本身所具的政治意義作準基的，抑或以作品本身所具的文學價值為準基。

從一九二八年到一九三一年，出版事業非常蓬勃，王哲甫[17]稱之為「上海的狂飆時期」。在這個期間，葉靈鳳與蔣光慈都很活躍。蔣光慈勤於寫作，除編輯《新流月報》與《拓荒者》外，在左翼的刊物經常有新作品發表；葉靈鳳除了寫作外，還編輯《現代小說》與《現代小說彙刊》。那時候，蔣光慈與葉靈鳳都是普羅文學家。

葉靈鳳在這個時期出版的重要作品，長篇小說有《窮愁的自傳》（一九三一年）、《我的生活》（一九三〇年）、《紅的天使》（一九三〇年）；短篇小說集則有《處女的夢》（一九二九年）、《鳩綠媚》（一九二八年）與《女媧氏的遺孽》

（一九二八年）。

蔣光慈在這個時期出版的重要作品，有《衝出雲圍的月亮》（一九三〇年）、《麗莎的哀愁》（一九二九年）、《最後的微笑》（一九二九年）與《短袴黨》（一九二八年）。

與穆時英一樣，蔣光慈也很短命，於一九三一年死在上海，年僅三十。這兩個人都有才氣；葉靈鳳似乎對蔣光慈更加重視。

一九七六年七月廿八日

葉靈鳳

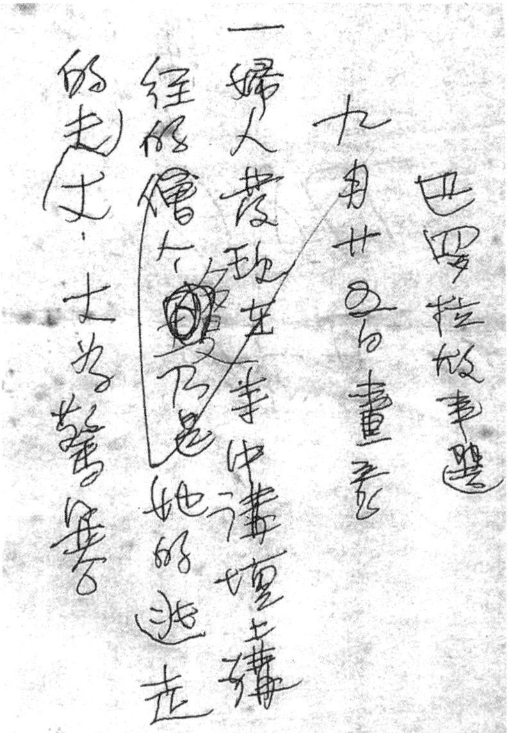

葉靈鳳手跡（劉以鬯：《暢談香港文學》，香港：獲益事業有限公司，二〇〇二年，頁二〇〇。）

編者附言

葉靈鳳（一九〇五—一九七五），江蘇南京人。原名葉蘊璞，筆名葉林豐、霜崖、秦靜聞等。現代作家、翻譯家。一九二三年肄業於北京輔仁大學，一年後進上海美術專門學校，畢業後醉心寫作。一九二五年，加入郭沫若（一八九二—一九七八）、郁達夫（一八九六—一九四五）等發起成立的創造社，主編過《洪水》半月刊。一九二六年，與多年後長期主持中共滬港情報部的潘漢年（一九〇六—一九七七）合辦過《幻洲》。一九二九年創造社遭封，被捕。一九三〇年任上海現代書局總編輯，曾入中國左翼作家聯盟。早年在上海寫小說，重性心理分析，和穆時英等的新感覺派小說同受矚目。

一九三七年抗戰爆發，在上海《救亡日報》工作；後隨報館到廣州，常往來穗港兩地。翌年廣州失守，留港。太平洋戰爭前編過《立報》副刊〈言林〉、《星島日報》副刊〈星座〉。一九三九年出席中華全國文藝界抗敵協會香港分會成立大會，當選為理事。香港詩人、文史家方寬烈（一九二五－二○一三）說：一九四一年冬香港淪陷，葉「擔任日本總督部的顧問（囑托）職位，主管為日本大東亞共榮圈宣傳的刊物《新東亞月刊》、《大同畫報》業務，又獲得報紙配給，創辦《大眾週報》。在每期社論發表為日本辯護的言論，雖然後來曾參加地下工作為我國收集香港一些文化情報，但細閱《大眾週報》內容，仍繼續發表不少媚日言論」；不久，日軍抄到一份名單，他身份暴露被捕，經夫人多方營救，三個餘月後獲釋，仍主持有日軍背景的「南方出版社」等機構。因之，連當年在港的「陳君葆亦對他打上問號」，日本投降後一週，陳寫日記云：「靈鳳的意志似見動搖了，他的《文藝周刊》時期的作風仍未能免。我真不明白，他留港的目的在發財呢，抑或在有所建樹？」「不曉得當時他有着真正的信心，抑或純然投機主義？」這一切「實在令人費解，亦正透露他性格和心理的另一面，弔詭而多變」。（見《葉靈鳳作品評論集》，香港文學評論出版社，二〇一一年十一月初版代序。）勝利後，奉國府情報部門命接收《南華日報》（後改名《時事日報》），出任社長，自負一切開支，耗盡私產約二十萬港元。（見葉趙克臻一九八八年六月二十四日致羅孚函，載《葉靈鳳日記》圖集第一百九十五至一百九十六頁。）為了生活，重返《星島日報》，仍主編〈星座〉，至一九七三年眼疾退休。一九四九年後，多次應邀回內地參觀訪問。因肺炎病逝香港養和醫院。

一九五七年版《魯迅全集》註釋，說他是漢奸文人；但一九八一年版已更正。此後，中國內地陸續出版了他的著作。

他曾以筆名霜崖寫了不少精彩的中外讀書隨筆，有羅孚匯編、北京三聯書店一九八八年印行的三集《讀書隨筆》傳世。他的《香港方物志》，是「將當地的鳥獸蟲魚和若干掌故風俗，運用自己的一點貧弱自然科學知識和民俗學知識，……用散文隨筆形式寫成」，迄今已在香港重版多次。後期還寫了些懷鄉抒情小品，言簡意深，淡而有味。

他還有大量遺稿。展現其讀、寫及編輯生活的《葉靈鳳日記》（一九四三至一九七四年），由盧瑋鑾女士策劃並作箋、張詠梅女士註釋，二〇二〇年五月，分為兩冊文字與一冊圖集，在三聯書店（香港）有限公司初版。

葉靈鳳是藏書家，喜好版畫和藏書票；自製的藏書票古樸自然，有濃厚裝飾風格。身後藏書存於香港中文大學圖書館。有一部海內外孤本、清嘉慶版《新安縣志》，美國、加拿大和法國都欲高價收購，但遺願捐予廣州中山圖書館。此志上世紀八十年代之後，至少已在港再版三次。

作者與葉靈鳳交往始於一九五一年。當年八月十七日葉氏日記載：「下午李輝英偕劉同繹來訪，適在午飯，遂另以茶點款待，劉君來訪目的，謂辦一綜合性刊物，邀請寫稿云云。」此後，雙方多在葉來報社辦事或出席文壇活動時晤面，私下過從不密。

本文採用香港書畫屋圖書公司一九八二年四月初版的評論集《看樹看林》（第六十五至七十五頁）的版本。

註釋

1 林靄民（一九〇六—一九六四），福建永定人。字瑞章。先後擔任香港《星島日報》、《星島晚報》，及五十至六十年代的《循環日報》、《正午報》社長。

2 X先生，疑指徐訏。

3 梁永泰（一九二一—一九五六），廣東惠陽人。版畫家。抗戰勝利後，在香港《星島日報》、《星島晚報》、英文《虎報》；一九五二年回穗，在中華書局，均任美編。一九五六年，與部隊畫家柯華採訪外伶仃島，被哨兵誤為特務槍殺殉難。

4 米顛石丈，北宋書畫家米芾（一〇五一—一一〇七），山西太原人。迷奇石，呼石為兄，拜石為丈，人稱「米顛」。

5 達文西（Leonardo da Vinci，一四五二—一五一九），即達芬奇。在繪畫、音樂、數學、解剖學、生理學、生物學、天文氣象學、地質地理學、物理學、光學、力學、土木工程等領域都有成就，與米開朗基羅（Michelangelo Buonarroti，一四七五—一五六四）和拉斐爾（Raffaello Sanzio da Urbino，一四八三—一五二〇），並稱意大利文藝復興時期三傑。

6 張保仔（一七八六—一八二二），廣東新會江門人。原名張保。一八一〇年以前華南沿海海盜。

7 王爾德（Oscar Wilde，一八五四—一九〇〇），愛爾蘭人，十九世紀英國文藝家，以劇作、詩歌、童話和小說聞名，唯美主義代表人物，頹廢派運動先驅。

8 曹聚仁（一九〇〇—一九七二），浙江金華人。現代記者、作家、文史學者。

9 加西亞·馬蓋斯（Gabriel GarcíaMárquez，一九二七—二〇一四），哥倫比亞作家，拉丁美洲魔幻現實主義文學代表人物。一九八二年諾貝爾文學獎得主。

10 穆時英（一九一二—一九四〇），祖籍浙江慈谿，生於上海。中國新感覺派小說重鎮。

11 阮朗（一九一九—一九八一），江蘇蘇州人。原名嚴慶澍。香港作家。

12 羅拔高（一九〇三？—一九六二），廣東中山人，本名盧夢殊，因喜「蘿蔔糕」取此名。另有筆名余乃玉。一九二六年《良友》畫報在上海創刊，參與編務；先後並任《銀星》、《第八藝術》和《影戲雜誌》等月刊編輯。一九三七年南下香港。香港淪陷期間，為《華僑日報》總編輯，一九四三年十月赴東京參加大東亞新聞大會。戰後，離開新聞界，以寫作維生，直至病逝。著有談論電影的《星火》（一九二七年）、《電影與文藝》（一九二八年）及中篇小說集《阿串姐》。

13 朱旭華（一九〇六—一九八八），浙江寧波人。筆名朱血花。香港電影編導、製片人。

14 洪雪帆（？—一九三五），浙江寧波人。現代出版家，一九二七年創辦現代書局。

15 邵洵美（一九〇六—一九六八），祖籍浙江餘姚，生於上海。現代詩人、出版家、翻譯家。一九三三年創辦上海時代圖書公司，出版《新月》、《萬象》等雜誌。

16 蔣光慈（一九〇一－一九三一），安徽六安霍邱人。現代小説家。

17 王哲甫（？－？），山西孝義人。原名王明道，字哲甫。一九二五年山西太谷銘賢學校大學預科畢業，入燕京大學國文系。一九三一年任教山西教育學院，一九三三年出版《中國新文學運動史》。

憶徐訏

太平洋戰爭爆發後，我離開陸沉的「孤島」到自由區去。抵達龍泉，拿了父親的信去見浙江地方銀行董事長徐聖禪（桴）先生。聖禪先生介紹另一位徐先生與我相識，說他也是到內地去的，要我跟他同乘一輛便車（運載貨物的木炭車），路上可以得到照應。這位徐先生就是徐訏的父親，對康德[1]有研究，也懂得一點治病的方法。在前往贛縣的途中，我背部生瘡，徐老先生為我敷藥。

到了重慶，楊彥岐（易文）介紹我與徐訏相識。我說出這件事之後，徐訏與我一下子就熟得像多年老友了。從那時起，我與徐訏是常常見面的，有時在心心咖啡館喝茶，有時到新民報館去找姚蘇鳳[2]談天，有時到國泰戲院去看話劇，逢到聖誕前夕之類的節日，還在兩路口鈕家開派對。那一個時期，徐訏在重慶一家銀行有個名義，好像是研究員，住在川鹽銀行的宿舍裏。他住的地方，是頂樓，面積很小，低低的屋樑上，用撳釘釘着兩三張明信片。明信片上是他自己寫的新詩。

在戰時的重慶，我曾為兩家報館編過副刊：一家是《國民公報》，一家是《掃蕩報》。當我為《國民公報》編副刊時，徐訏不但常有稿件交給我發表（譬如：他的《賭窟的花魂》曾在「孤島」一份雜誌發表，大後方讀者多數沒有讀過，我編《國民公報》副刊，他交給我重刊），還常常介紹中央大學學生的稿件給我。在我的記憶中，寫《現代作品論集》的公蘭谷[3]那時也在中大唸書。公蘭谷為我編的副刊寫稿，就是徐訏介紹的。

我進入重慶《掃蕩報》時，工作是收聽廣播。《掃蕩副刊》由陸晶清編輯，徐訏的《風蕭蕭》在《掃蕩副刊》連載。

抗日戰爭後期，徐訏以《掃蕩報》駐美特派員的名義到美國去。到了美國，從紐約寄來一封信，寫給我的哥哥與我，內容如後：

同縝繹兄：

到華盛頓會見周爾勳[4]，收到你帶我之書兩本及一本油印稿，謝謝。周君福建人，態度冷淡，似很難成熟友，我問他可否帶點書給你，他說絕不可能，我也就算了。

上次所譯的《猶太的彗星》是否譯好？

托繹弟找的《煙圈》（《申報月刊》一九三四—一九三六年）及《阿拉伯海的女神》（《東方雜誌》一九三六—一九三八年）有否找到？

此三文務懇先將中文盡快的用航空掛號寄我。專懇繹弟為我一抄寄來，叩頭叩頭。寄費請先墊，以後當用稿費撥還。

最近（三月後）或有便人可帶一些書，我將選一、二本，交老曾，我希望一本給晶清，一本給《國民公報》。給晶清的萬望同繹親自送給她去。希望同繹肯埋頭翻譯一本。書用完後，謹贈繹弟。

縝兄所約叢書事，一時實在無法，容徐圖之，我下半年工作計劃極緊張，如身體吃得消，一定可以過很充實的生活。我預備至少一年裏停止寫作，這當然是指創作而言。不知二位以為如何？

我的地址：（略。——編者註）

匆匆不一，餘詳老曾信中，請一閱可也。此候

近好

徐訏頓首

徐訏到美國去之後，過了一個時期，陸晶清到英國去了。《掃蕩報》副刊由我接編。

勝利後，我從重慶回到上海，先在報館做事，後來決定創辦出版社。這時候，徐訏從美國回到上海了。我將計劃告訴他，請他將《風蕭蕭》交給我出版，他一口答應。他還建議將「懷正出版社」改為「懷正文化社」，使業務範圍廣大些。

懷正文化社成立前，有許多籌備工作需要做。出版社二樓是職員宿舍，有空房，我請徐訏搬來居住。徐訏搬來後，介紹他的朋友袁同慶[5]擔任發行組主任。

徐訏交給「懷正」出版的作品，除《風蕭蕭》外，還有《三思樓月書》。《風蕭蕭》出版後，相當暢銷，不足一年（從一九四六年十月一日到一九四七年九月一日），印了三版。《三思樓月書》最初的打算是：每月出版一種，有新集，也有舊作。新集有《阿拉伯海的女神》（徐訏第一本短篇創作集）與《煙圈》（徐訏第二本短篇創作集）等，舊作有《鬼戀》與《吉布賽的誘惑》等。這些作品出版後，銷路也不壞。那時候，徐訏心情很好，結識了一個女朋友，姓葛[6]。當他剛從美國回來時，心境沉重，感情受到相當大的傷害。

後來，我招待姚雪垠到出版社來居住。徐訏因為吃不慣出版社的伙食，不大住在社裏了。不過，他還是常常到出版社來的。因此，也常常見到雪垠。關於這件事，徐訏曾為文敘述，刊於《知識分子》第三十五期。

徐訏還有一篇文章，題目叫做〈魯迅先生的墨寶與良言〉，也有一段文字提到

「懷正」。他這樣寫：

魯迅寫給我的這兩幅字，林語堂先生自然是見過的。那幅「金家香弄千輪鳴，揚雄秋室無俗聲」的橫條，我想劉以鬯也許也會記得。那時以鬯與他的哥哥同鎮辦懷正出版社，我在社中寄居過一陣，那幅字曾經在社中客廳裏掛過。……

相信這就是絲韋[7]在〈徐訏離人間世〉一文中提到的「放在上海，可能早已經失落了」的那個條幅。

懷正文化社原是有一些計劃的，諸如出版刊物與大型叢書之類，因為時局動盪，通貨惡性膨脹，這些計劃都無法實現。當出版社陷於半停頓狀態時，徐訏固然不大來了，雪垠也搬了出去。我自己則在徐州會戰時離滬來港，有意在香港設立懷正文化社。到了香港，因為客觀條件不夠，此意只好打消。

上海易手後，徐訏沒有離開。過了一個時期，他到香港來了。他將《風蕭蕭》與《三思樓月書》交給別家書局印行。

一九五一年，星島日報有限公司出版《星島週報》，徐訏是該雜誌的編輯委員，我是執行編輯。徐訏在創刊號發表了兩首詩，〈寧靜落寞〉與〈淚痕〉。

就在這一個時期，新加坡劉益之[8]先生到香港來招兵買馬。劉益之邀請六個工作人員到獅城去參加《益世報》工作，徐訏與我都在被邀之列。徐訏比我早幾個月到新加坡去。我是六個人中最後一個離開香港的。我離港赴新時，徐訏離新回港。徐訏回港後，積極籌組創墾出版社。《益世報》（新加坡版）於一九五二年六月七日創刊，徐訏仍在香港，沒有參加該報的編輯工作。《益世報》出版了幾個月，因得不到讀者的支持而停刊。我在星馬住了五年，於一九五七年回港。回港後，每次與徐訏見面，總覺得他對辦報、辦雜誌的興趣依舊濃厚。

徐訏辦《筆端》，是與李吉如[9]、黃村生[10]合作的。《筆端》是半月刊，創刊於一九六八年一月一日。徐訏曾寫信給我，要我為《筆端》寫稿，我寫了一篇

〈鏈〉，刊在第三期。《筆端》編得相當好，只是銷數不多。

《筆端》停刊後，文華出版社馮若行[11]因為計劃出版一套文學叢書，要我介紹名家作品給他，我介紹徐訏與他見面。我們三人在北角雲華餐廳喝過幾次茶，徐訏答應將《三邊文學》（即《場邊文學》、《門邊文學》、《街邊文學》）交給文華出版。《三邊文學》排印時，徐訏、馮若行與我曾討論過出版《七藝》月刊的計劃。這個計劃獲得黃泠[12]的支持後，立即展開籌備工作。第一次籌備會假蘇浙同鄉會舉行，一切都很順利。第二次籌備會假於仁行（現已改名「太古行」）一間俱樂部舉行，參加者除我們三個外，尚有黃泠、何弢[13]、董橋[14]、孫家雯[15]、林年同[16]等人。討論雜誌的內容時，徐訏與林年同的意見未能一致，使大家擔心這樣的合作會產生不愉快的事情。有了這樣的擔憂，整個計劃隨之擱淺。至於那套文學叢書，雖然大部已排好，因為缺乏商業價值，也沒有付印。徐訏取回《三邊文學》，交上海印書館印行。馮若行另有高就，離開文華出版社。過些時日，徐訏組織英文筆會，我也參加過幾次聚餐。

一九七五年底，忽然接到《七藝》月刊徵稿函，才知道《七藝》決定出版了。徐訏於一九七六年一月十五日寫了一封信給我，問我在「一月底前可寫一篇給《七藝》月刊否？」他還說：「此刊想稍維持較高水準，不得不先由我們自己努力寫一點，您如可每期寫一篇短篇小說，則不但鼓勵自己，亦且是鼓勵朋儕之辦法……」接到這封信之後，我寫了一篇〈評《科爾沁前史》〉寄給他。他接到後，在覆信中說：「這是一篇很結實的文章。」我以為《七藝》很快就會出版的，想不到徐訏卻在這時候到外地去了。徵稿函於幾個月之前發出，《七藝》卻遲遲未見出版。我因為替別人在《明報》補稿，一時忙不過來，就將〈評《科爾沁前史》〉改在《明報》發表。徐訏從外地回來，打電話給我，我告訴他這件事。他將排好的清樣交《七藝》編輯退回給我。

之後，我與徐訏很少見面。兩個月前，《快報》鄺老總[17]打電話給我，說徐訏病了，住律敦治療養院。我立即偕同董橋前去探望。徐訏說他患的是肺病，需要住院接受兩個月的治療。他雖然咳得很厲害，董橋與我都相信現代醫藥會使他很快康復。可是，令人悲痛的事情竟在十月五日發生了。張翼飛[18]在電話中告訴我：徐訏已於五日凌晨零時五分逝世，患的是肺癌。

一九八〇年十月十二日

（原載香港《明報月刊》第十五卷第十一期，一九八〇年十一月。）

徐訏

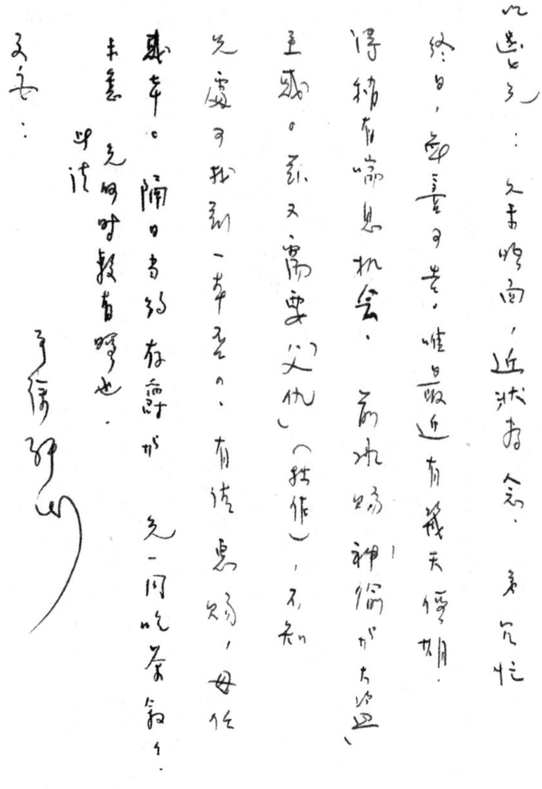

徐訏給劉以鬯的信

編者附言

徐訏（一九〇八—一九八〇），浙江慈谿人。原名徐傳琮，字伯訏，曾用名徐于。筆名有東方既白、任子楚等。現代文壇鬼才，新詩、小說、散文、評論、戲劇、翻譯皆能。生於富裕家庭。因是唯一男孩，父親怕寵壞，未滿六歲便送校住讀，以致性格憂鬱，日後需「永遠依賴着朋友的安慰」（見徐訏〈談友情〉）；作品時時飄蕩孤寂陰影。

一九三一年，北京大學哲學系畢業，再入心理學系進修，期間，寫詩投稿《東方雜誌》。一九三四年，到上海，在林語堂創辦的《人間世》半月刊當編輯，同時兼任《宇宙風》半月刊編輯及《天地人》、《西風》月刊主編。一九三六年秋，留學巴黎大學，主修哲學，得博士學位。其間在《宇宙風》發表小說《鬼戀》。抗戰爆發，回上海繼續寫作。先後出版了散文集《海外的鱗爪》、小說《吉布賽的誘惑》、《荒謬的英法海峽》和劇作《生與死》、《月亮》、《月光曲》等。

一九四二年，執教重慶中央大學師範學院國文系。一九四三年，五十餘萬言小說《風蕭蕭》在《掃蕩報》連載；另一長篇《精神病患者的悲歌》出版，一時洛陽紙貴。那年遂稱為文壇「徐訏年」。一九四四年，為《掃蕩報》駐美特派員。

抗戰勝利後，自美回滬，多部新詩、散文、小說和劇作問世。一九五○年移居香港。一九五七年任珠海書院中文系講師。一九六○年獲新加坡南洋大學教席，一九六二年回港，先後在新亞書院和浸會書院中文系教書。一九七○年任浸會書院中文系主任，一九七七年兼文學院院長，一九八○年五月退休。同年十月五日因肺癌病逝律敦治療養院（今律敦治醫院）。居港期間，主編過《幽默》雜誌（一九五三），《熱風》（一九五三）、《論語》（一九五七）、《筆端》（一九六八）三個半月刊和《七藝》雜誌（一九七六）；出版了長篇小說、詩集、論著、文藝論文、雜文集等多部。

一九六六年，《徐訏全集》十五集由台灣正中書局出版，收六十多種著作。

作者與徐訏交往始於戰時重慶，延續到上海、香港。懷正文化社在滬出版了徐訏小說《風蕭蕭》、《鳥語》（一九四五）、《阿拉伯海的女神》（一九四六）；散文集《燈火集》（一九四七）；劇本《燈屋》（一九四七）、《黃浦江頭的夜月》（一九四八）及《進香集》、《待綠集》等幾本詩集。作者先於徐訏來港，在港過從情況詳見本文。

本文採用北京中國友誼出版公司一九八五年二月第一版的評論集《短綆集》（第五十五至六十頁）的版本。個別地方根據香港獲益出版事業有限公司二〇〇二年七月初版的《暢談香港文學》訂正。

註釋

1 康德（Immanuel Kant，一七二四－一八〇四），德國古典哲學創始人。

2 姚蘇鳳（一九〇五－一九七四），報人、影評人、編劇、導演、作家。

3 公蘭谷（一九一九－一九八〇），山東蒙陰人。原名公方苓，又名公方枝，一九五一年入高中後改此名。一九四八年中央大學研究生畢業。一九七八年為河北師院副教授。

4 周爾勛（？－？），福建人。生平不詳。

5 袁同慶（？－？），生平不詳。

6 姓葛的女朋友，即葛福燦（一九二〇－？），蘇州人。曾任徐訏姐姐家的家教。兩人一九四九年結婚。徐離滬赴港不久，兩地閉關。一九五四年分離。

7 絲韋（一九二一－二〇一四），生於廣西桂林。原名羅承勛，筆名還有羅孚、柳蘇、辛文芷、吳令湄、史復、封建餘等。原香港《大公報》副總編輯，《新晚報》總編輯，曾促成陳文統（梁羽生）、查良鏞（金庸）創作新派武俠小說。一九八三年羈京十年，後返港，病逝家中。

8 劉益之（？－？），河北薊縣人。天津《益世報》首任總經理劉浚卿之子。一九四五年在天津復刊《益世報》，任該報總經理。一九五二年六月創辦新加坡《益世報》，四個月後停刊。

9 李吉如（？—？），香港南天書業公司老闆。

10 黃村生（？—？），香港出版人。

11 馮若行（？—？），香港出版人。

12 黃泠（？—？），香港文華印刷廠東主。一九七〇年代中葉以出版馬經致富。

13 何弢（一九三六—二〇一九），原籍廣東，生於上海。香港建築師兼藝術家。

14 董橋（一九四二— ），福建晉江人。原名董存爵。香港散文家、報人。

15 孫家雯（一九二六—二〇一九），香港導演、演員、製作人，男高音歌唱家。

16 林年同（一九四四—一九九〇），香港學者、導演、編劇、製作人。

17 鄺老總（一九一八—一九九五），原名鄺蔭泉，筆名歐陽天。香港小說家，曾任《快報》總編輯。

18 張翼飛（一九五一— ），原名張文藝。香港報人，曾主編《翡翠周刊》等多種娛樂刊物。

悼何紫——他的心仍在燃燒

何紫性格剛直，像松柏。

何紫愛家，愛書，愛工作，樂於助人，盡力培育人才，願意為新進作家出版處女作，喜歡講故事給小孩子聽。

何紫在最痛苦的時候，仍能對親友露笑容；在陷於絕望的時候，仍能滿懷信心。

何紫雖然死了，他的善良將永遠活在別人心中。

何紫雖然死了，他的勇氣將永遠顯現在他文章的字裏行間。

何紫雖然死了，他的心仍在燃燒。

何紫，我們永遠懷念你！

一九九一年十一月

何紫

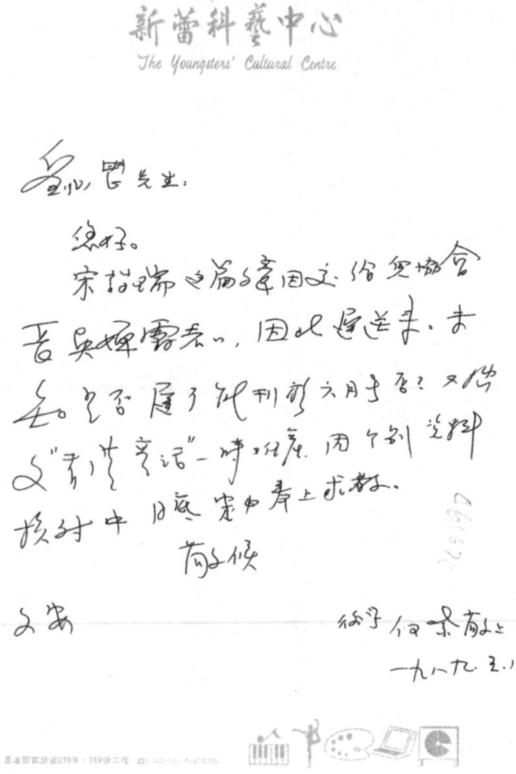

新蕾科藝中心

The Youngsters' Cultural Centre

劉以鬯先生：

您好。

宋詒瑞之篇文章因文字給兒協會

吉吳婷露去，因此退送來。未

知是否還可刊於六月號？又將

《青少年文學》一書出版，因個別篇章

排校中，日後寄上求教。

敬候

文安

後學何紫敬上

一九八九.五.1

何紫給劉以鬯的信

編者附言

何紫（一九三八－一九九一），香港兒童文學作家。廣東順德人，生於澳門。原名何松柏。在香港完成中小學教育。從教三年後，轉任《兒童報》編輯、《華僑日報》副刊編輯和《幸福畫報》特約撰稿人多年，在幾家報刊發表作品。結集的有《四十兒童小說集》、《兒童小說新集》、《兒童小說又集》、《我的兒歌》、《童年的我》、《別了，語文課》、《我這樣面對癌病》及譯作《蘇斯的童話》等三十餘種。其中的《別了，語文課》一九八五年獲全國紅領巾讀書獎章，為十種推薦讀物之一。

一九八一年創立山邊社，出版普及讀物；又主編《陽光之家》月刊，培養新秀。為推動兒童文學的創作與研究，同年十一月，獲得香港藝術發展局資助，創辦首個非牟利組織香港兒童文藝協會，任會長至一九八五年，轉任榮譽會長。因肝癌病逝香港瑪麗醫院。

作者與何紫的交往始於何時未詳，但一九八八年一月，香港作家聯誼會（後易名為「香港作家聯會」）成立，他與何紫同任副會長，交往漸多。一九九一年十一月二十四日，香港兒童文藝協會和香港作家聯誼會聯合出版了《童心永在——何紫紀念特輯》（非賣品。潘金英、阮海棠編），作者以香港作家聯誼會副會長名義寫下此文。文章後收入香港明報出版社有限公司和香港《明報月刊》，二〇〇三年六月聯合初版的多品種散文集《他的夢和他的夢》（第二百四十四至二百四十五頁），本文採用這一版本。

何紫的事跡，可另見於何紫薇、馬輝洪編著的《潤物無聲——何紫和那時代人物訪談集》一書。（二〇二三年十二月，何止文庫基金會出版。）

顧城的城

十月十日早晨，扭開收音機，聽到顧城殺妻自縊的報道，嚇了一跳。這是不應該發生的事，竟然發生了。謝燁於一九九二年五月從柏林寄來的小說《出境》[1]中還寫過這樣的話：「我的丈夫，他是不會做任何不利於我的事情。」可是現在，謝燁竟被顧城殺死了。

顧城怎樣殺死謝燁？

《明報》有這樣一段記載：

> 據奧克蘭警方重案組案情顯示，顧城夫婦之間出現不和，顧城去到謝燁的居所，「跟着用一具相信是斧頭的武器襲擊妻子。……」

讀到這裏，我立刻想起顧城在他的短篇〈小名〉[2]中的幾句話：

當然是為了我甚麼，一股味，斧頭落下去切開骨頭，白的，接着冒出紅平平的血，他在澡盆裏沖着，把血弄乾淨，把身上的衣服脫了，燒了，下水管也用鹽酸洗幾回。

這是顧城在一九八七年七月寫的，當然不是預言。不過，從上面這一段引文來看，顧城腦子裏曾經有過這一類的思念，應無疑問。

顧城是有才華的詩人、作家，謝燁也是。

多年來，顧城與謝燁一直是大力支持《香港文學》的。顧城經常將新作交本刊發表；謝燁除將新作交本刊發表外，還應本刊之請採訪海外的文學活動。

一九九三年十月二十七日《明報》刊出該報特約記者蕭雨的報道：

設在深圳的「九三中國首次文稿競價活動組委會」宣佈，十月八日在紐西蘭突然去世的大陸著名詩人、作家顧城、謝燁夫婦的遺作，將參加本月二十八日舉行的文稿競價活動特別競價。……參加競價的文集是顧城還未發表作品文集的第一部，包括組詩〈城〉、〈鬼進城〉、〈從自然到自我〉……

其實，顧城的〈城〉早已在《香港文學》第一百期（一九九三年四月）刊出了，因為此詩行數較多，先刊出十二首，餘下的幾首分期刊登。第一〇二期的〈剪貼〉與〈德勝門〉、第一〇三期的〈油畫〉與〈人兒〉、第一〇五期的〈緣〉、第一〇六期的〈故宮〉都是屬於〈城〉的。該報道提到的另一首組詩〈鬼進城〉，顧城也在八月份寄給我們了，還附了一幅題名〈生生之境〉的插圖。此外，〈從自我到自然〉（蕭雨誤為〈從自然到自我〉）的論文，是犁青[3]轉給本刊發表的。

至於謝燁，除小說（第六十期的〈扁豬〉和第九十二期的〈出境〉）和詩（第五十四期的〈藍海岸彎彎〉）外，還為本刊寫過幾篇報道文字，包括〈一九九二年鹿特丹國際詩歌節〉、〈我看見顧城在中心飯店〉、〈我們又見面了〉、〈中國文學在國外研討會〉、〈《中國前衛藝術展》在柏林〉。這些文章是用「麥文」與「雷米」的筆名發表的。今年二月，謝燁從柏林來信說：

以鬯先生：

近好！寄上兩篇報道給《香港文學》，麥文及雷米均為我的筆名。我們因為一直在旅行，所以挺忙。顧城也向您問好！祝

編安

謝燁於柏林二月

Storkwinkel 12

D-1000 Berlin 31

附上另一篇採訪錄和顧城的詩選《城》

謝燁用「雷米」作筆名，使我聯想到顧城寫的《雷米》。現在，事情發生了，讀到顧城的《情愛懺悔錄：英兒》，知道小說男主角顧城之妻名叫「雷」。

至於謝燁用「麥文」作筆名，有極大的可能與麥琪有關。

一九八九年，顧城推薦麥琪的詩作給我。我覺得麥琪的詩寫得不錯，先發那首題為〈並沒有提前來到〉的詩，與顧工的詩〈倖存的夢（外二首）〉、謝燁的小說〈扁豬〉同在第六十期刊出；然後在第六十七期刊出〈沒有熟悉的冬天〉和〈可以不知道〉。

由於《香港文學》有「作者簡介」之設，顧城將麥琪的詩寄來時還附了「簡介」：「麥琪，本名李英，現在紐西蘭奧克蘭大學訪問。」「簡介」中有「本名李英」一句，一直沒有引起我的注意。最近，讀了顧城的長篇小說《英兒》，才知道麥琪就是《英兒》中的英兒。

事實上，顧城將麥琪的詩作寄來時，尾端也有地址，是顧城的筆跡，與顧城、謝燁的地址完全一樣，說明他們是住在一起的。

除此之外，顧城還寫過一首題名〈緣〉的小詩，刊在《香港文學》第一〇五期。詩中有這麼幾句：

英子手上
有一個蘋果＊過＊
一邊啃一邊
揮
＊結得＊

顧城在這首小詩中提到的「英子」，應該是指李英。這幾年，顧城與謝燁、李英一直在威希克島建造一座屬於顧城的「城」——一座屬於顧城的理想「城」。

在「城」裏的生活，顧城曾在一九九一年七月寄給我的信中簡略提過：

劉以鬯先生您好！

久未聯繫了，我在紐西蘭的一個小島上，伐木採薪，養鴨種地，無春無秋，不覺已三年餘。近得柏林邀請，明年將赴德國寫作、生活一年，便又想起在香港的日子，雖僅幾日冬暖，也是一番鄉情。來年再渡香港，還望一聚。（隨信寄上一些小作，不知《香港文學》是否合用。）

遙祝一切安好。

顧城敬上　一九九一．七

從這簡單的敘述中，我猜想他在那個小島上的日子過得相當快樂。可是，怎樣也想不到性情溫和的顧城竟會做出這樣可怕的事。

顧城是離不開謝燁的，謝燁走進鬼城，顧城也要走進鬼城。他們是不能分開的。當我重讀謝燁寫的《出境》時，我懷疑謝燁生前對顧城的行為多少有點憂慮。儘管謝燁在《出境》中對她的丈夫有一些坦率的描述，說她的丈夫是「老實人」；

說她的丈夫「孤僻離世」；說她的丈夫是「具有真正的藝術性格的天才」。可是，她內心要是沒有結的話；或者，她要是對自己與顧城間的關係全無憂疑的話，就不會在小說中說這樣的話：「所以我知道能夠傷害我的，不是我的丈夫或者甚麼別的人，往往是我自己。」謝燁寫這幾句，是否「似正實反」，別人不能斷定；不過，說她沒有講反話的意思，別人同樣不能肯定。更值得注意的是，謝燁在文中清楚指出：顧城是「一個似乎很難在這個世間活着的人，又是那麼頑固地帶着自己的夢想活下去」。

謝燁這些話是在一九九二年四月寫的，到了一九九三年十月，事實證明她的話講得沒有錯：顧城果然因為不能「在這個世間活着」而自縊了。

顧城在自縊前寫的〈城〉與〈鬼進城〉，似在暗示他的理想「城」並不理想。他寫〈城〉，可能因為不能「頑固地帶着自己的夢想活下去」，常常想家，想回北京城。他寫〈鬼進城〉，說不定他早已有了進入「鬼城」的意圖。

「愛情的道路是曲折的」，這是莎士比亞[4]在《仲夏夜之夢》裏說的話。顧城與謝燁走的，也是一條曲折的道路。不同的是：《仲夏夜之夢》是一齣喜劇，顧城與謝燁在現實生活中竟演了一齣悲劇。

在〈初春〉裏，顧城這樣寫：

遠處的情侶在分別：
是序幕？還是結局？

這是一九八一年發表在《十月》的詩。那時候，遠處的情侶在分別，可能是「序幕」；但是現在，肯定是結局。雖然謝燁在《出境》中曾坦率地說：「我是一個完美的膽小鬼，至於我的丈夫，他是不會做任何不利於我的事情」，可是她的估計錯誤了。顧城在「理想城」化為泡影時，不但自己決定離開人世，還要謝燁變成「鬼」，與他一同「進」入鬼「城」。

一九九三年十一月一日

顧城

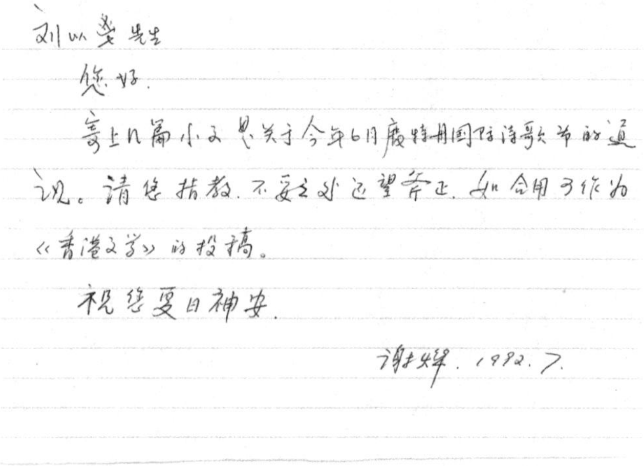

刘以鬯先生

您好.

寄上几篇小文 是关于今年6月鹿特丹国际诗歌节的通讯。请您指教. 不妥之处还望斧正. 如合用可作为《香港文学》的投稿。

祝您夏日神安.

谢烨. 1992. 7.

顧城太太謝燁給劉以鬯的信

編者附言

顧城（一九五六－一九九三），生於北京。中國朦朧詩代表人物之一。詩人、作家顧工（一九二八－　）之子。自幼失學，性喜獨處。六十年代中即開始寫詩，作品有童稚般的純真風格。〈一代人〉中的「黑夜給了我黑色的眼睛／我卻用它尋找光明」，為新詩名句。一九六九年隨下放的父親在山東部隊農場生活。一九七三年開始學畫。一九七四年返京，先作街道工廠工人，後轉任編輯。二十一歲起，大量發表詩作。一九八〇年，工作單位解散，待業期間活躍於新生的青春詩會，以〈小詩六首〉引發詩壇爭議。隨後創作如井噴，新詩、舊體詩、寓言故事詩之外，還有理論文章、散文、童話等，聲譽漸隆。

一九七九年在上海前往北京的火車上邂逅二十一歲的謝燁，一見鍾情。隨後追到上海，在謝家門前置放自製木箱，躺在箱內不走。她深受感動，不顧父母反對，一九八三年八月，在上海結婚。一九八六年，他參加北京市作協舉辦的「新詩潮研討會」，結識北京大學分校中文系女生李英（一九六四－二〇一四），又生好感。一九八八年，顧城應奧克蘭大學之邀前往講學，加入新西蘭國籍，後嫌城裏喧鬧及工作紛繁，隱居激流島養雞過活，生有一子名木耳。他不能容忍妻子對孩子的愛，木耳只好寄養友人家中。謝燁崇拜顧城才華，諸事遷就，一九九〇年，竟出面邀李英前來；同年七月，三人在島上共同生活，構建顧城的「理想城」。一九九三年一月，迫於生計，顧城攜謝燁赴西班牙、荷蘭、羅馬尼亞等國講學，留英兒在家。是年三月，李英和英國男友約翰離開激流島，顧城大受打擊，寫下遺書，多次自殺，均為謝燁所救。一九九三年十月，另有所愛的謝燁也收拾行裝，擬從奧克蘭獨往德國開始新生活。在前往碼頭時被顧城勸回，兩人在島上寓所發生爭執；謝燁在衝突中受傷倒地，顧城隨即自縊樹上身亡，謝燁在送醫院途中死去。

媒體報道「顧城用斧頭殺妻」，並稱「一個兒童已向紐西蘭警方作證，事發當天他看到顧城躲在顧鄉（編按：顧城之姐）家前面的小徑，等約好的謝燁下車往顧鄉家走去時，顧城持斧頭從背後砍殺了她」。（一九九三年十月《文匯報》）但顧鄉在〈顧城最後的十四天〉中說，斧頭沒有絲毫血跡，與案件無關，謝燁也僅是額上有個不顯眼的小傷口而已。兩人離世的真實過程至今成謎。

顧城遺下大量詩、文、書法、繪畫等作品。作品譯成英、法、德、西班牙、瑞典等十多種文字，被稱為當代僅有的唯靈浪漫主義詩人。有顧工編輯的《顧城詩全編》存世。

作者與顧城夫婦的交往，始於後者投稿《香港文學》時，情況本文已述。

本文採用瀋陽遼寧教育出版社一九九七年八月第一版的評論集《見蝦集》（第一百四十八至一百五十三頁）的版本。

註釋

1 刊於《香港文學》第九十二期。

2 刊於《香港文學》第三十八期。

3 犁青（一九三三－二〇一七），生於福建安溪。原名李福源，後改名謝聰明。十一歲開始寫詩，出版詩集三十多部。他白手創立的瑪雅集團是印尼企業集團之一。

4 莎士比亞（William Shakespeare，一五六四－一六一六），英國戲劇家。有三十八部戲劇、一百五十四首十四行詩、兩首長敘事詩和其他詩歌傳世。

巴金的一件小事

魯迅的〈一件小事〉，寫的是小人物的小事情。巴金的〈小人小事〉，寫的也是小人物的小事情。現在，我整理舊物，想起一件大作家的小事情。

一九八〇年，本港昭明出版社計劃出一套作家選集，要我編《巴金選集》。我寫信給巴金，告訴他：「此間昭明出版社計劃出版作家選集一套，很希望得到先生的同意出版《巴金選集》。昭明是商辦的機構。……海外出版的《選集》，都是未經作者同意而亂選的。這種做法，當然不能令作者滿意。昭明出的選集，除了請作家自己提供作品外，還付版稅。……」

信寫好，因為不知道巴老的地址，只好請柯靈[1]兄代轉。

約莫過了一個月，我接到巴老的覆信：

以鬯先生：

我從長崎返國，見到柯靈轉來的您的信。《選集》目錄抄好寄上，請審閱。

我喜歡亂改自己的文章，因此希望《選集》能照最近的版本排印，如有困難，請告訴我。匆覆。祝

好！

巴金

四月二十五日

收到巴老的覆信，昭明出版社的工作人員與我都很高興。我們立即按照巴老的吩咐，到書店與圖書館去收集最新版本裏的文章。

文章集齊，立即付梓。排好時，書肆忽有北京人民出版社的兩卷本《巴金選集》出售，昭明負責人擔心香港版《巴金選集》的銷路受影響，要我寫信給巴老，

請他為《選集》寫一篇序言[2]。巴老剛從醫院出來，而且正在準備率領一個代表團前往瑞典參加世界語學會代表大會，知道我們的要求後，百忙中覆信給我，答應過一兩個月寫一篇〈後記〉。

巴老雖然作出諾言，我們卻擔心工作繁忙的他可能會將寫〈後記〉的事忘記。因此，到了八月下旬，在昭明當局的慫恿下，我寫了一封信給巴老：

巴金先生：

電版已製成。照片四張、手稿兩頁隨函奉還，乞察收。〈後記〉如已寫好，請擲下。

昭明出版社目前正在趕印教科書，工廠極忙，所有雜書（包括文學書籍）需俟教科書全部印竣才能上機，時間約在秋末冬初。預計尊著《選集》年底可以出版。

匆匆，即頌

著安

劉以鬯上

八月二十一日

此信於八月二十一日寄出，過了幾天，收到巴老於八月十九日寫給我的信。巴老這樣寫：

以鬯先生：

我已從北歐回來。以前答應寫的〈後記〉寫好，寄上，請轉交出版社。這篇〈後記〉我不打算在港澳或大陸的報刊上發表。

祝

好！

巴金　十九日

巴金的來信比我寫給他的信還早兩天，說明我們的憂慮完全是多餘的。巴老從北歐回到上海，雖然工作繁忙，還是履行諾言，將〈後記〉寫好，空郵寄來，使昭明版《巴金選集》能夠按照預定計劃出版。

《選集》出版後，昭明出版社將版稅寄給巴老。巴老知道嚴肅文學在商業社會的活動空間很小，為了支持昭明出版社、為了幫助昭明出版社，將收到的版稅退回。

這雖然是一件小事，卻清楚顯示才高學廣的巴金不但履言重諾，而且心意真誠、樂於助人。

二〇〇一年四月二十二日

（刊於二〇〇二年一月九日香港《大公報・文學》）

巴金

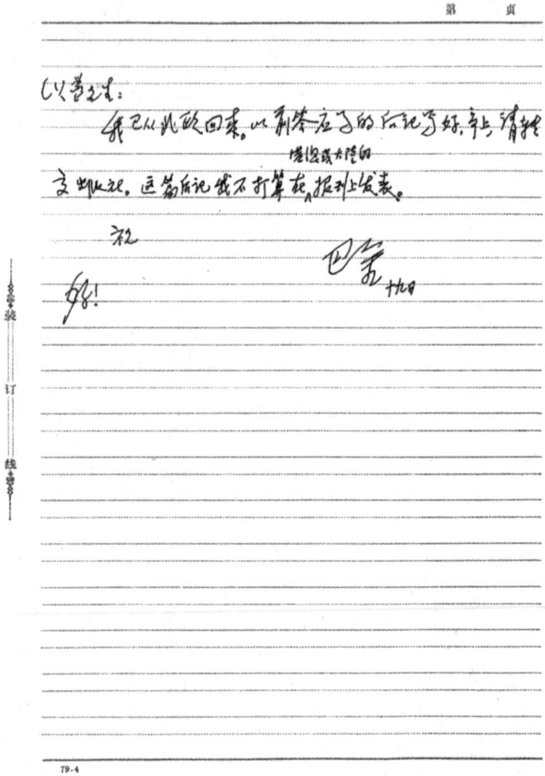

第　　頁

以鬯先生：

我已从北欧回来。以前答应了的后记写好，寄上，请转交出版社。这篇后记我不打算在港台或大陆的报刊上发表。

祝

好！

巴金 十九日

79.4

巴金給劉以鬯的信

編者附言

巴金（一九〇四－二〇〇五），四川成都人，祖籍浙江嘉興。原名李堯棠，字芾甘。「五四」新文學代表作家之一、翻譯家、出版家。原名和字源於《詩經．國風》中〈召南．甘棠〉首句「蔽芾甘棠」，而筆名「巴金」取自他留法同學巴恩波及其時巴金譯介的俄國無政府主義者克魯泡特金的名字。另有筆名：佩竿、余一、王文慧、歐陽鏡蓉等。

一九二〇年八月，考入成都外語專門學校。一九二一年四月，以芾甘為筆名發表處女作〈怎樣建設真正自由平等的社會〉。一九二三年春天，入讀上海南洋中學，後考入南京東南大學附中，一九二五年畢業。一九二七年，赴法國留學；翌年十月，以巴金為筆名發表譯著《脫洛斯基的托爾斯泰論》，同年底回國。

一九二九年一月至一九三八年，相繼創作《家》、《霧》、《新生》、《春》

和《秋》。一九三四年十一月，赴日本留學，翌年八月回國。一九三六年八月，在上海與通信半年的十九歲讀者蕭珊（原名陳蘊珍）晤面。一九四四年五月一日，兩人在貴陽結婚。抗戰勝利後，在上海主要從事翻譯、編輯和出版工作。一九五〇年，擔任上海市文聯副主席。一九五三年兩次赴朝鮮前線勞軍。一九五七年七月，和靳以聯名主辦大型文學刊物《收穫》，任主編。一九六〇年八月，當選中國文聯副主席。一九七二年八月十三日，相濡以沫二十八年的妻子蕭珊患直腸癌去世，終年五十五歲。

一九八三年三月起，二十二年間連續五次當選全國政協副主席。一九八四年五月，應邀參加了在東京召開的第四十七屆國際筆會大會，被選為「世界七大文化名人」之一；十月獲香港中文大學授予榮譽文學博士學位；十二月當選中國作家協會主席，直至逝世。一九八〇至一九八六年，創作了《隨想錄》、《探索集》、《真話集》、《病中集》與《無題集》等五本「講真話」的散文集，記錄了作者在「文革」時的經歷、見聞與感想。

一九九九年二月八日起，因呼吸道感染，長期住院。二〇〇五年四月，病情異常；十月十七日，病逝上海華東醫院。十月二十四日下午，遺體在龍華殯儀館火化。翌年十一月二十五日，根據遺願，和蕭珊的骨灰一起撒入上海長興島附近東海海域。

巴金代表着中國內地知識分子的良心。晚年提議建立中國現代文學館和文化大革命博物館。一九八五年三月二十六日，他於北京西郊主持前者的開幕典禮，但後者迄今未見。晚年為自己文革時明哲保身感到內疚，強調要説真話，不要再搞偶像崇拜，對新文學期望很大。二〇〇三年十一月二十五日，國務院授予他「人民作家」稱號。

本文採用香港明報出版社有限公司和香港《明報月刊》，二〇〇三年六月聯合初版的多品種散文集《他的夢和他的夢》（第一百七十八至一百八十三頁）的版本。

註釋

1 柯靈（一九〇九－二〇〇〇），浙江紹興人，生於廣州。本名高季琳。現代散文家、劇作家、評論家、電影理論家。

2 關於寫序事：請見下篇〈關於《巴金選集》〉。巴老不作序，但寫後記。編者其時任職昭明出版社，為選集責編，奉老闆呂思齊（一九三〇－　）先生之命寫代序，經巴老過目後置於書前。

關於《巴金選集》

一九八〇年七月十三日，我寫信給巴老：

巴金先生：

尊著《選集》大部已植好，隨函奉上清樣十一張，請過目，不必寄回。《選集》完全依照所示目錄排印，一、二輯根據《巴金文集》，第三輯前五篇照《爝火集》，其餘兩篇根據《大公報》。全書約兩百頁，年底可出版。《選集》需要照片數幀（各期）及手跡兩頁，請即擲下。

昭明出版社方面希望令嬡能為《選集》寫一篇序言，字數不拘。人民出版社的兩卷本《巴金選集》內容較昭明版豐富，昭明版倘無特稿，銷路必受影響。

匆匆，即頌

著安

劉以鬯上

七月十三日

信寄出後，隔了半個月左右，收到巴老的覆信：

以鬯先生：

來信收到。手稿兩頁、照片四張遵囑寄上，請查收，用後請早退還。舊的照片一時很難找到，不寄了，請原諒。

序言我看不用了，就由我自己寫一篇〈後記〉吧。不過我剛從醫院出來，過兩天就要上北京，還要出國開會，一時無法動筆。〈後記〉快則八月、慢則九月寫出來寄給您。對該書年底出版的期限大概不會有影響吧。

匆覆。祝

好！

巴金

七月十九日

收到巴老的覆信是一九八〇年七月二十六日。五日後，《文匯報》刊出新聞，報道巴金率領一個代表團於一九八〇年七月三十日自北京起程前往瑞典參加世界語學會代表大會，在瑞典開會十天。

於此可見，巴老確是十分忙碌的。縱然如此，到了八月二十五日，我還是收到了巴老為《選集》寫的〈後記〉。

巴老就是這樣重視自己許下的諾言。

二〇〇三年九月十一日

編者附言

此文和上文披露一九八〇年三月至八月作者與巴老通信的經過。除外，未見兩人其他交往的文字記錄。

本文採用香港天地圖書有限公司二〇〇七年十二月初版的多品種散文集《舊文新編》（第四十六至四十八頁）的版本。

我所知道的十三妹

一

我從未見過十三妹。

許多文化界的朋友也沒有見過十三妹。

十三妹離開人世後，友人M在殯儀館見過她的遺容。我問M：「十三妹給你的印象好不好？」

M答：「一隻西瓜鑿四個孔。」

二

十三妹不願以貌示人，並不表示她是一個「神秘」人物。據我所知：她是喜歡表露「另一面的十三妹」的。一九六〇年二月十五日，《香港時報．淺水灣》改版，由我編輯。我約十三妹寫專欄，十三妹在第一篇稿〈我所不懂的畢加索[1]的畫〉中，開頭就這樣寫：

> 不寫開場白了，雖然丑角登場，照例必有幾句獨白與旁白。但在台下觀眾一心只等待「大老倌」亮相之際，白鼻子的插科打諢只會招來噓聲的。《香港時報》副刊此次擴大改版，主編自然廣邀名角。十三妹忝屬末座，已不勝榮幸，更何敢「勿識相」，再來囉唆也！

在「開場白」中自稱丑角，只是謙虛的表示，並無「醜」的含意。我約她寫專欄後，她一直沒有露過面，只是常常打電話給我，說東道西，巴三攬四，嘮嘮叨叨講個不停。她打電話給我，總是我在上班的時候。我有不少工作需要做，每一次接聽她的電話後，必須延長辦公時間。

十三妹喜歡在專欄中露才揚己，卻不喜歡拋頭露面。

三

十三妹為我編的副刊寫了將近兩年的專欄，因為沒有見過面，我對她的認識很淺，只能從她寫的文章和電話、書信中得到一些了解。我知道她原名方式文，曾在上海《申報》工作。至於籍貫，她在一封信中說「是北方人性格，決不口是而心非的」；但在另一封信中說是「生長在陽光多的熱帶，一切光明磊落」。

此外，從她寫給我的信中，我還知道兩項關於她的事實：

（一）她的經濟情況並不好，生活清苦，必須煮字療飢，筆耕為業，自認「很俗氣與銅臭氣」。她不但一再要求加稿費，而且希望我能讓她在副刊中多寫一篇小說。在信中，她這樣寫：「打電話你已走了，但也許也不便談。茲有請者，可否讓我再寫篇小說？（前在《新生》寫過一短篇，但不滿意。）因我已停了《大晚》了。《武俠》未試，也許更難些。若試自然也是你寫的那一類。但不敢一定希望，只是問問有無空位可挪出的意思。……」

（二）勤於寫作的十三妹，有時也會斷稿，多數與健康有關，她曾在信中提及：「在這幾天內我隨時會不繼稿，日來心跳得厲害。」在另一封信中，她說：「我好了。話要同你說，但不夠精神。」

四

從十三妹的文章、書信與言談中，我得到的印象是：她是一個心直口快的人，知無不言，言無不盡，喜歡說出自己的意見，不考慮後果。因此，為了尋求真義，她常在文字中招風惹雨，得罪不少人。她是一個性格相當堅強的文人，有不俗的情趣，也有較高的品格，喜歡用通俗的群眾語言表達見解，坦白率直，不捧場，不幫腔，想說甚麼就說甚麼，將深刻的含蘊寄存在淺白的文字中，受到廣泛讀者的重視。

五

鮑耀明[2]曾將十三妹部分專欄稿寄給住在北京的周作人[3]。周作人讀了十三妹的專欄文章，在寫給鮑耀明的信中作了中肯的批評：「她就是能寫，並不是寫得好。」

六

十三妹在專欄裏討論的涉及面頗廣，知識豐富，學貫中西，給讀者的印象是：十八般「文」藝樣樣精通。可是，偶爾也會出現舛訛，譬如：談繪畫時，她將Cubism譯作「立方主義」；談文學時，她將歐恩斯特·海明威[4]與田納西·威廉斯[5]歸入「存在主義派」。此外，在一篇題作〈聞台北消息，照例是笑話〉的文章（發表於一九六三年十二月三日《新民報》）中，她這樣寫：

> 又聽說台北於肯尼迪[6]死後大捧共和黨，則更是荒天下之大唐。當年艾森豪[7]與杜威[8]角逐，不就空歡喜一場？連競選人都毫無把握的事，台北的星相專家就推出來了？

文中說「艾森豪與杜威角逐」，顯然弄錯了。杜威（Thomas Edmund Dewey）曾任紐約市長，一九四四年與羅斯福[9]（Franklin Delano Roosevelt）角逐總統，被羅斯福擊敗；一九四八年與杜魯門[10]（Harry S. Truman）角逐總統，被杜魯門擊敗，從未與艾森豪角逐過。

七

一九六二年六月三十日，我調任〈大會堂〉副刊主編，〈淺水灣〉由別人接編，改為綜合性副刊。報館方面寫一封公函給十三妹，決定停刊〈十三妹漫談〉專欄。十三妹收到通知後，「大大的生氣了」，寫了一封措辭嚴厲的信給我，還附入報館給她的公函。她在信中這樣寫：

> 去年是你來約，而且一年多來我也敬重你信任你。那麼你就該負責，先作私人通知，使我先下手才是。這可能不是你的陰謀，但一貫負責來和我接洽的是你，是不是？我真生你的氣了！你這叫甚麼手法？今後我還做人嗎？還掛這塊招牌嗎？

停刊〈十三妹漫談〉專欄，是報館決定的事，我是副刊主編，除非辭職不做，否則，非接受不可。事實上，報館於一九六二年六月二十三日寫給十三妹的信已清楚說明《香港時報》「為應讀者要求，擴充港聞版，決自七月一日起將各版內容酌予調整」。十三妹將責任推在我的身上，顯然對事情的真實情況不明瞭。

不過，十三妹畢竟是個講道理的人，雖然發了很大的脾氣，過了幾天，又寫了一封信給我，向我道歉。在信中，她這樣寫：

因為怕你已被我氣壞不肯讀信，所以請人寫信封。這是特來向你道歉，因為昨兒夜晚我才弄清了真相。才知原來因為那傢伙升了上去坐正了，大權在握，今非昔比。我且先跟你握手，然後請聽我講。……我這種人一氣起來就連信也看不懂，一頭火又一頭煙，才會那麼大發雷霆來怪你。請勿介意好嗎？請原諒我這火辣辣的性格。

由此可見，十三妹雖然躁急，卻能辨別是非，勇於認錯。

八

趙聰[11]稱十三妹為「文藝批評家」。（見趙聰著《五四文壇泥爪》，頁三。）

胥黎[12]稱十三妹為「才女」。（見胥黎：〈迷你文章〉，一九九一年五月二十九日《文匯報》。）

阿東[13]稱十三妹為「神秘女作家」。（見阿東：〈不亦樂乎〉，一九八九年十一月十八日《明報》。）

使我感到意外的是：過來人[14]在專欄〈酒色財氣〉中寫〈十三妹這姑奶奶〉（刊於一九八八年一月十五日《快報．快趣》），結尾有這麼幾句：「我遷居跑馬地之初，二房東話奕蔭街有個『癲婆』死了！後來才知即十三妹。」

二〇〇一年十月二日

（發表於二〇〇一年十月十七日《大公報．文學》）

十三妹

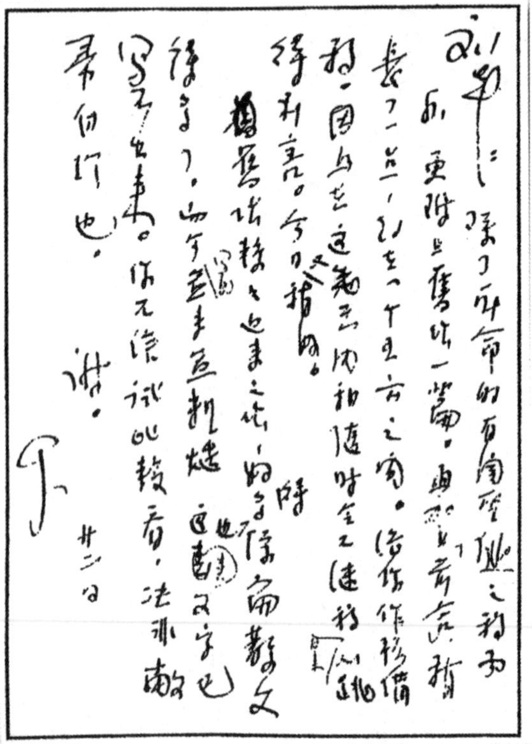

十三妹給劉以鬯的信（盧瑋鑾主編、樊善標編：《犀利女筆——十三妹專欄選》，香港：天地圖書有限公司，二〇一一年，頁二六。）

編者附言

十三妹（？—一九七〇），原名方式文。據傳，任空中小姐時，又名方丹。原籍山東，先輩移居越南，初為果販，到祖父始發跡。父親從小在歐洲讀書，不懂中文。母親是北京人，習畫歐洲，在意大利結婚；生下兩兒後，隨夫回越南。

十三妹生於越南，十八個月大時失怙，母女倆賴豐厚遺產，半年住河內，半年住中國以至印度、緬甸等地。十三妹在河內就讀法國學校，習法英兩文；由母親和乳娘啟蒙，自修中文。沒進過大學。十四歲母喪，由兄嫂照顧。抗戰時就讀昆明西南聯大，勝利後由陳香梅（一九二三—二〇一八）女士介紹在上海《申報》資料室工作。

一九四八年底，她擬由上海回河內，不料政局丕變，河內易幟，家財盡失，只好獨自留港謀生。初在「寫字樓」上班；一九五四年底，因心臟病，一度教鋼琴維生；繼又嚴重風濕，在家賣文。一九五八年十一月起在《新生晚報·新趣》開首個專欄；一九六一年後，分別在《香港時報·淺水灣》、《新民報·人間》、《明報》和《華聲報》發專欄短文及翻譯和創作小說。

十三妹從不參加文化界任何聚會，但喜聊電話。她有篇專欄文章〈讀者、編者與作家〉，提到本文作者曾留醫養和醫院，她居醫院邊上，竟未去探病，明知很不夠人情，也做得出。她文筆辛辣，連標點都不准動，不少報館遂不敢借重，只好給煽情小報《新夜報》寫稿。文稿都請專人送到報館，自己從不露面。一九七〇年十月九日，由於脫稿數日，編輯擔心出了意外，向送稿人探得她的住址，與總編輯一起到跑馬地奕蔭街其住所對面大廈，從天台下望，見一女子倒臥客廳，報警破門入屋，發現她伏在稿件上，送院急救後不治。她在香港並無親友，《新夜報》代辦後事。報館找到遺照，公之於眾。

作者從未見過十三妹，雙方交往始於作者邀稿，情況詳見本文。

本文採用香港獲益出版事業有限公司二〇〇二年七月初版的評論、隨筆合集《暢談香港文學》（第一百七十一至一百七十七頁）的版本。

註釋

1 畢加索（Pablo Ruiz Picasso，一八八一－一九七三），西班牙畫家、雕塑家、舞台設計師、作家和前法共黨員。二十世紀現代藝術代表人物之一，遺作逾兩萬件。

2 鮑耀明（一九二〇－二〇一六），江蘇人，生於廣東中山。筆名成仲恩。一九四五年自慶應大學畢業，一九六〇年為香港《工商日報》、新加坡《南洋商報》駐日特派員。日本文學翻譯家。一九六〇至一九八一年任三井洋行香港分行副總經理。他本不識周作人，但喜知堂文章，經曹聚仁引薦，與周通信六年（一九六〇年三月到一九六六年五月）。一九七二年五月，香港太平洋圖書公司出版了鮑選編的《周作人晚年手札一百封》；後來又增編為《周作人晚年書信》，收周信三百九十四封（少了八封）、鮑函三百四十六封及知堂日記八百四十八篇，交香港真文化出版公司於一九九七年十一月出版。本文所指周信在其中。

3 周作人（一八八五－一九六七），浙江紹興人。原名櫆壽，又名啟明，筆名遐壽、仲密、豈明，號知堂、藥堂等。魯迅二弟。現代散文家、文學理論家、詩人、翻譯家，中國民俗學開拓人，新文化運動代表人物之一。

4 歐恩斯特・海明威（Ernest Miller Hemingway，一八九九－一九六一），美國記者和作家。一九五四年榮膺諾貝爾文學獎。晚年在愛達荷州凱徹姆的家中自殺。

5 田納西・威廉斯（Tennessee Williams；原名 Thomas Lanier Williams III，一九一一－

一九八三）美國劇作家。

6 肯尼迪（Jack Kennedy，一九一七－一九六三），美國第三十五任總統。

7 艾森豪（Dwight David Eisenhower，一八九〇－一九六九），美國第三十四任總統。二戰時盟軍在歐洲最高指揮官。

8 杜威（John Dewey，一八五九－一九五二），美國實用主義哲學重要代表人物。

9 羅斯福（Franklin Delano Roosevelt，一八八二－一九四五），荷蘭裔美國人。唯一連任四屆（第三十七至四十屆）的第三十二任美國總統。

10 杜魯門（Harry S. Truman，一八八四－一九七二），第三十三任美國總統。

11 趙聰（一九一六－一九八三），山東人。原名崔樂生，字慶餘。香港作家、評論家。

12 胥黎（？－？），香港專欄作家。

13 阿東（？－？），香港專欄作家。

14 過來人（一九二四－　），生於上海。原名蕭豔清，別名蕭思樓，另有筆名阿筱、蕭郎。香港「海派」作家。

寫《中國新文學史》的司馬長風

如果我說「寫《中國新文學史》的司馬長風對中國新文學的認識相當淺薄」，許多人都不會同意。不過，在我與司馬長風交往中，我一直有這種看法。

一九七五年六月七日，司馬長風與《星島日報·星辰》主編何錦玲[1]女士邀我在銅鑼灣一家餐館飲下午茶。飲茶時，司馬長風說他在撰寫《中國新文學史》時，由於參考資料太少，遇到的困難很多，希望我能幫他解決一些。首先，他要我談談抗日戰爭時期我在重慶編報紙副刊的情況；然後，他要我提幾位值得重視而未被重視的作家。

我提及劉盛亞[2]，他說從未讀過劉盛亞的作品。

我提及豐村[3]，他說從未讀過豐村的作品。

我提及路翎[4]，他要我將「路翎」兩個字寫在白紙上。

無容置疑，司馬長風對這三位作家的情況一無所知。因此，我覺得有必要轉換話題。

談到中國新文學的重要作品，司馬長風坦率表示茅盾[5]的《子夜》寫得冗長雜亂、枯燥無味，看不出甚麼好處。聽了司馬長風的話，我接着加一句：

「魯迅對《子夜》的批評也不太好。」

「魯迅在哪一篇文章裏批評《子夜》？」司馬長風用興奮的語調問。

「寫給朋友的信中。」

「誰？魯迅在寫給誰的信中批評《子夜》？」

「忘記了。不過，你可以回家去查看《魯迅書信集》。」我說。

過了兩天，司馬長風寫了一封信給我。在信中，這樣寫：

以鬯先生：

翻完了《魯迅書信選》依然找不到論《子夜》那封信，卻寫了〈魯迅死不瞑目〉，您那樣忙，我百分之二百不想麻煩您，現在仍得麻煩您，因為魯迅的批評太重要了，懇將魯迅那段話及收信者、發信日期示下，那將對我是無比貴重的禮物並與拙著共存。

即頌

時安

司馬長風

六月八日

讀過司馬長風的來信，我立即查閱《魯迅書信集》；然後打電話給他，告訴他：

「魯迅於一九三三年十二月十二日寫信給吳渤[6]，對《子夜》作了這樣的批評：『現在也無更好的長篇作品，這只是作用於智識階級的作品而已。能夠更永久的東西也舉不出。』」

這個問題終於解決了。之後，司馬長風常常寫信給我，向我借書或要我轉交他寫給其他作家或學者的信。那時候，司馬長風為我編的《快報》副刊撰寫專欄〈南腔北調〉，常在專欄中談論中國新文學。

使我感到意外的，司馬長風寫中國新文學的文章時，常有不必要的錯誤。使我印象最深的是：一九七五年九月二十一日寄給我的〈卞之琳[7]的詩貧血〉中，不但內文將卞之琳誤寫為「卡」之琳，而且連題目也誤寫為〈卡之琳的詩貧血〉。我是副刊編輯，發稿給字房之前，有責任將作者寫的錯字改正。所以，文章於一九七五年九月二十三日刊出時，並無錯誤。不過，司馬長風發表在其他報刊的文章，特別是有關中國新文學的文章，也常有類似的舛訛。最顯著的實例是：司馬長風於一九七八年八月十二至十三日在《星島日報》副刊發表的〈馮至[8]的《十四行集》〉，竟將「馮至」誤寫為「馮志」！

其實，司馬長風寫的《中國新文學史》也有很多錯誤。在書中，他甚至將一些作家的名字如洪深、吳組緗[9]、吳伯簫[10]、廬隱[11]、萬迪鶴[12]、沈西苓[13]、夏征農[14]、戴望舒[15]、楊村彬[16]、楊憲益[17]、何穀天[18]、鍾敬文[19]、繆崇群[20]、沈起予[21]、施蟄存[22]等都寫錯。

從上述的種種來看，司馬長風是沒有足夠條件撰寫《中國新文學史》的。可是他不但寫了《中國新文學史》，還寫了兩本談論中國新文學的書：《新文學史話》與《新文學叢談》。

二〇〇二年一月八日作

司馬長風

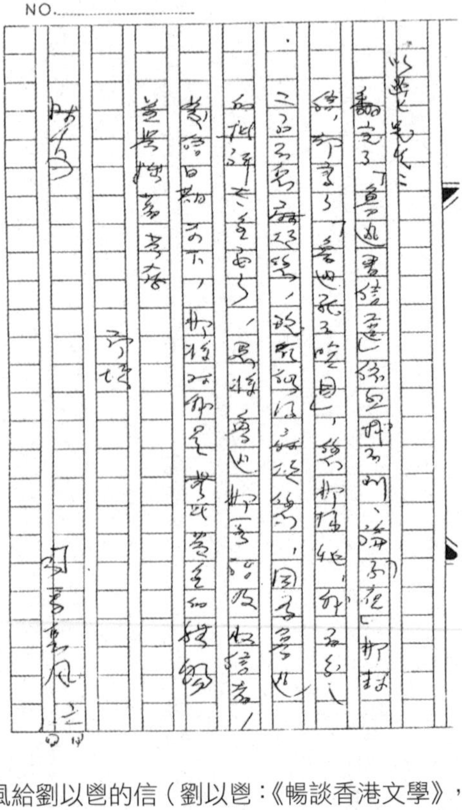

司馬長風給劉以鬯的信（劉以鬯：《暢談香港文學》，香港：獲益事業有限公司，二〇〇二年，頁一九一。）

編者附言

司馬長風（一九二〇－一九八〇），蒙古族。原籍遼寧瀋陽，七歲移居哈爾濱。原名胡若谷，別名胡永祥、胡欣平、胡越、胡靈雨。筆名秋貞理、曾雍也、嚴靜文、范澎濤等。一九四五年畢業於西北大學歷史、文學系。一九四九年七月自廣州赴基隆，十二月定居香港。與友人創辦香港友聯出版社，出版《祖國周刊》、《大學生活》、《中國學生周報》、《兒童樂園》等刊物。曾任《明報》要聞版編輯，於香港浸會書院、樹仁書院教授中國現代文學和歷史。一九八〇年赴美省親，在機場中風，病逝紐約。

主要著作有長篇小說、散文集、文學史著、歷史著作、政論等近五十種。

作者結識司馬長風，似在後者上世紀七十年代前期開始鑽研並教授新文學時。雙方交往多緣於後者諮詢求教和前者邀稿，詳見本文與下文。

本文採用香港獲益出版事業有限公司二〇〇二年七月初版的評論、隨筆合集《暢談香港文學》（第一百八十九至一百九十二頁）的版本。

註釋

1 何錦玲（一九三〇？－二〇二三），江蘇蘇州人。筆名錦心。一九七一年自台來港。作家，曾任《星島日報》副刊編輯。

2 劉盛亞（一九一五－一九六〇），四川重慶人。一九三八年畢業於德國法蘭克福大學。歷任四川大學、武漢大學教授。小說家、翻譯家。

3 豐村（一九一七－一九八九），河南清豐人。原名馮葉莘，筆名林野、貞木等。歷任四川成都、重慶和上海等地中學教員。小說家。

4 路翎（一九二三－一九九四），祖籍安徽無為，生於江蘇蘇州。原名徐嗣興。現代文學「七月派」作家中作品最多、成就最高者。

5 茅盾（一八九六－一九八一），浙江桐鄉人。原名沈德鴻，字雁冰，以字行，另有筆名玄珠、方璧、止敬等。現代作家、文學評論家。曾任中國作家協會主席。

6 吳渤（一九一一－一九八四），廣東興寧人。筆名白危。一九三三年發表作品。小說家、報告文學家。

7 卞之琳（一九一〇－二〇〇〇），祖籍南京，生於江蘇南通。「新月派」、「現代派」代表詩人之一，與何其芳、李廣田並稱「漢園三詩人」。文學評論家、翻譯家。

8 馮至（一九〇五—一九九三），生於河北涿州。原名馮承植。「中國最為傑出的抒情詩人」（魯迅語）。一九三五年海德堡大學哲學博士。曾任中國社會科學院外國文學研究所所長。

9 吳組緗（一九〇八—一九九四），安徽涇縣人。原名吳祖襄，字仲華。現代學者、作家。

10 吳伯簫（一九〇六—一九八二），山東萊蕪人。原名熙成。散文家、教育家。曾任全國中學語文教學研究會會長、中國寫作研究會會長等職。

11 廬隱（一八九八—一九三四），福建閩侯人。原名黃淑儀，又名黃英；筆名廬隱，有隱去廬山面目之意。與冰心、林徽因（一九〇四—一九五五）並稱「福州三才女」。

12 萬迪鶴（一九〇七—一九四三），湖北人。早年留日。一九三三年在上海《文學》月刊發表短篇處女作。抗戰爆發後，舉家遷居重慶，貧病交迫，死於肺病。

13 沈西苓（一九〇四—一九四〇），生於浙江湖州。原名沈學誠，筆名葉沉。畢業於浙江甲種工業學校（今浙江理工大學）。一九三三至一九三九年，先後編、導電影《女性的吶喊》、《十字街頭》等。病逝重慶。

14 夏征農（一九〇四—二〇〇八），江西豐城市人。原名夏正和。曾求學於金陵大學和復旦大學。擔任軍中、地方和上海高校領導職務。晚年為《中國大百科全書》總編委會副主任，《辭海》和《大辭海》主編。

15 戴望舒（一九〇五—一九五〇），浙江杭州人。名承，字朝安，小名海山，筆名夢鷗、夢鷗生、信芳、江思等。現代派象徵主義詩人、翻譯家。

16 楊村彬（一九一一－一九八九），北京人。原名楊瑞麟，筆名村彬、瑞麟等。話劇導演、劇作家、戲劇教育家。

17 楊憲益（一九一五－二〇〇九），祖籍淮安盱眙（今屬江蘇淮安）。翻譯家、外國文學研究學者、詩人。與夫人戴乃迭（Gladys Margaret Tayler，一九一九－一九九九）合作翻譯《紅樓夢》、《儒林外史》等中國古典名著，影響廣泛。

18 何穀天（一九〇七－一九五二），四川榮經人。原名何稻玉，另有筆名穀天、周文等。幼年貧苦，十六歲便當西康軍閥部隊文書。一九三一年發表文章，後加入中國左翼作家聯盟。

19 鍾敬文（一九〇三－二〇〇二），廣東海豐人。原名鍾譚宗。曾就讀日本早稻田大學。民俗學家、民間文學家、散文作家。

20 繆崇群（一九〇七－一九四五），江蘇泰縣人。名終一。早年遊學日本。一九三三年出版散文集《晞露集》。「七七事變」後，輾轉流亡雲、桂、川各地，做過書店編譯，教過書，終身貧病交加，抗戰勝利前因肺結核病逝重慶。

21 沈起予（一九〇三－一九七〇），四川巴縣人。日本京都帝國大學畢業。一九二七年回國，一九二八年發表作品。一九三〇年參加中國左翼作家聯盟，歷任報刊、出版社編輯。有多種小說集和譯著問世。

22 施蟄存，見本書〈憶施蟄存〉。

我所認識的司馬長風

錯誤百出

寫過《中國新文學史》、《新文學叢談》、《新文學史話》的司馬長風，對中國新文學的認識十分浮淺。

這樣講，似乎不合情理；但是，事實卻是如此。

對於司馬長風，寫《中國新文學史》是十分艱苦的工作，他不但將「伏在桌上讀與寫」看作「地獄生涯」，而且將寫成「這部大書」時的感覺看作「鑽出隧道，重見天光」。

問題是：一九七三年暑假，徐訏到巴黎去旅遊，將在浸大的「現代文學」課業交給司馬長風代授，使司馬長風必須「臨陣磨槍上陣」，一邊「教」，一邊「學」。同樣的情形：司馬長風在寫《中國新文學史》的時候，也是一邊「寫」，一邊「學」。

他很勤奮，十分好學。雖然花了四年的時間，由於對中國新文學並無充分的認識，卻寫了一部錯誤百出的史籍。

說司馬長風著的《中國新文學史》是一部錯誤百出的史書，絕不誇張。隨便舉一個例子：此書中卷五十二頁對李劼人[1]的創作情況有這樣的敘述：

> ……他原計劃中的後三部包括《激流周邊》（寫五四運動）、《天魔之舞》（寫抗日戰爭）幾部小說，也永遠沒有機會問世了，這實在是中國文壇的大損失。

在這簡短的敘述中，就有三處舛誤：

一、將《激湍之下》寫為《激流周邊》；

二、將《天魔舞》寫為《天魔之舞》；

三、說《天魔舞》「永遠沒有機會問世了」，是猜想，並無根據。事實上，《天魔舞》在一九八一年八月由四川人民出版社出版，列入《李劼人選集》第三卷，並非「永遠沒有機會問世」。（編者按：司馬長風一九八〇年六月二十五日病逝。）

新感覺派

認識司馬長風後，每次見面或通電話，他總會向我提出一些有關中國新文學的問題。有一天，在銅鑼灣一家咖啡室喝茶，他問我：「三十年代最值得注意的作家是誰？」我答：「穆時英[2]。」他要我談談這位作家。我建議他閱讀一九七二年十一月出版的《四季》創刊號，因為這本雜誌有「穆時英專輯」，可以幫助他了解這位被視為「新感覺派奇才」的小說家。他接受我的建議，讀了《四季》創刊號後，寫一篇題為〈「新感覺派」穆時英〉的短文發表於一九七五年七月九日《明報》副刊。在這篇文章中，他將日本文藝辭典對「新感覺派」這一術語的解釋譯成中文。此外，他還寫信給我，要我為他聯繫葉靈鳳，因為他有一些關於新文學史的問題想麻煩葉靈鳳。

南腔北調

一九七五年五月，我請司馬長風為我編的《快報》副刊寫專欄，他因為工作繁忙，建議與曾幼川[3]合寫，欄名〈南腔北調〉，他寫「北調」；曾幼川寫「南腔」。他們於五月十二日起開始供稿，〈南腔北調〉於五月中刊出。

到了五月底，司馬長風寄稿來時附了一封信：

以鬯先生：

華都一談，多了一個共同的世界，快何如之。

請多發一次「南腔」，使「北調」在奇數（一、三、七、九）日刊出，俾與《明報》錯開，便於寫稿，拜託。

即問

編安

以後必時時求教，希賜助。再拜。

弟 長風頓首

由此可見，司馬長風的工作確是十分繁忙，要不然，我請他為《快報》副刊寫專欄，也不會提出與曾幼川交錯合寫的要求。

我不認識曾幼川。

過了一個時期，司馬長風給我一封短信：

以鬯先生：

「丁玲」二書早拜收，讀後當璧還。茲有短簡致田雪[4]先生，盼代轉。曾幼川很想與您一面，弟將約定時間，盼惠光。

即請

編安

長風　二十日

與曾幼川見過面後，曾幼川繼續為《快報》副刊寫「南腔」。

一九七七年五月，曾幼川因母親病逝，無心再寫專欄，決定不寫「南腔」。曾幼川停寫「南腔」，使司馬長風也不想寫「北調」了。那時候，《快報》為了爭取更多的讀者，希望司馬長風在「北調」中多寫香港事。司馬長風對此十分不滿，寫信給我：

以鬯先生：

自從《快報》改版之後，我一直在考慮辭筆不寫了，但是，我一直在勉勵自己寫下去，因為有這道橋梁，可以和您保持交往。這是福氣，而且寫文學史仍需您諸多教導和幫助。您儒雅的風貌，也叫人喜歡。可是經過了一個星期的考慮，我終於決定還是辭去了。因為報方的要求多寫香港事，我辦不到。一個不會講廣東話、不讀社會新聞的人，這是緣木求魚，我只能寫現代史、新文學、小品文、中共觀察這四類東西，其他的相距太遠，非短時期能夠適應。答應了，寫不出，長期自欺欺人，實在是苦海無邊。

多謝《快報》的美意和您的賜助。

此請

編安

長風　十九日頓首

從現在起仍繼續發稿直到您另做安排。

過了幾天，他寄來三篇稿子，附信一封：

以鬯先生：

趕交這三篇，我覺得功成圓滿了。謝謝過去兩年的謬愛，今後仍請不吝指教。

有始之誼，有終之美。善哉！

祝

編安

弟　長風頓首

讀了這封信，我立即打電話給司馬長風，約他在咖啡店見面，請他繼續為我編的《快報》副刊寫專欄。我說：「不一定寫香港事，即使只寫現代史、新文學、小品文、中共觀察也不成問題。」他聽了我的話，只是皺眉尋思，我怕他堅持不寫，因此加強語氣重複剛剛講過的那句話：「不一定寫香港事。」他反覆思考，終於點點頭，答了一句：「這樣比較好。」聽了這句話，我知道事情已出現轉機，隨即建議他另撰新專欄，由他執筆。他思考片刻，要求我給他兩三天時間考慮。

兩天後，他來電接受我的建議，決定另撰新專欄，將欄名改為〈心影集〉。我請他盡快供稿。他於一九七七年五月二十二日寄來兩篇新稿：〈海洋公園〉與〈五月的淺水灣〉。出乎意料，這兩篇稿子寫的都是香港事。

可笑的事情

一九七七年七月中，司馬長風寫過這樣一封信給我：

以鬯先生：

五月下半月，從十八日開始，自算應得稿（費）一二零元，實領一五零元。六月上半月自計應領一五零元，實領一二五元，覺得有點古怪，尤其不明白怎麼出現五元零數，二十元一篇絕無五元出現之可能也，便中祈告其妙。（一笑）

即問

編安

司馬長風將稿費問題視作可笑的事情，可能因為有點不好意思。更有趣的是：他在此信的結尾並不署名。

拍照

一九七九年夏，我在灣仔一個集會遇見司馬長風、胡菊人[5]、黃俊東[6]與美國漢學家葛浩文[7]，暢敘甚歡，有一位攝影記者為我們五個人在灣仔街邊拍了一張照片。這件小事，司馬長風在〈葛浩文談新文學〉中有記敘。〈葛浩文談新文學〉發表於一九七九年十一月十二日《明報》副刊，文中司馬長風說「與葛浩文紙上交往已有數年」，直到那天晚上才「與葛浩文初會長談」。

二〇〇四年一月五日

編者附言

本文採用香港天地圖書有限公司二〇〇七年十二月初版的多品種散文集《舊文新編》（第二十六至三十五頁）的版本。

註釋

1 李劼人（一八九一—一九六二），原名李家祥，四川成都人。小說家、翻譯家。一生著譯近六百萬字。被譽為中國現代文學中「中西影響相融合的範例」。

2 穆時英（一九一二—一九四〇），原籍浙江省慈谿縣，生於上海，現代小說家，與劉吶鷗、施蟄存同為新感覺派代表人物。

3 曾幼川（一九三?— ），本名曾錦漳，時在香港浸會學院中文系教國文。後曾留法，在巴黎圖書館研讀敦煌變文真跡。

4 田雪（?—?），生平不詳。

5 胡菊人（一九三三— ），廣東順德人。本名胡秉文。曾先後任《中國學生周報》社長，《明報月刊》、《中報》及《中報月刊》總編輯，《百姓》半月刊主編。

6 黃俊東（一九三四— ），廣東潮州人，生於香港。筆名克亮、余樂山等。中國現代文學研究者，有多本書話作品問世。

7 葛浩文（Howard Goldblatt，一九三九— ），美國人。「西方首席漢語文學翻譯家」，中國當代文學「接生婆」，蕭紅專家。

我所認識的熊式一

一

一九四五年，陸晶清離渝赴英，抵達倫敦後寫信給我，說她的通訊處是：C/O Mr. S. I. Hsiung, Iffley Turn House, Oxford, England，信中的 S. I. Hsiung 就是熊式一。這是我第一次聽到熊式一的名字。

二

認識熊式一，是在新加坡。一九五四年，南洋大學成立，林語堂任南大校長、熊式一任文學院院長、黎東方[1]任先修班主任。那時我在新加坡新聞界工作，因為喜歡吃上海菜，常常到惹蘭勿剎一家茶室的上海菜檔進食。黎東方也喜歡吃上海菜，也常常到這家茶室進食。有一天晚上，我在茶室吃飯時，黎東方笑咪咪的走進來，介紹熊式一與我相識。

三

一九五五年，林語堂辭去南洋大學校長的職務，離開新加坡前往法國坎內。黎東方跟着也辭職返台。熊式一則於一九五五年十月二十日離新赴港。

熊式一在新加坡的時候，我很少與他見面。我與熊式一相熟，是返回香港之後的事。那是一九七五年，徐訏發起組織「香港英文筆會」，邀我參加籌備會，我在會上再一次見到熊式一。

四

熊式一自新來港後，創辦香港清華書院，任第一任院長。在這一段時期，除了公開演講，還在《星島晚報》副刊發表中文作品如：《天橋》、《萍水留情》、《女生外嚮》、《事過境遷》等。

五

一九三二年底，熊式一初到英國，最想結織的英國作家，是巴蕾（James Matthew Barrie）。在熊式一的心目中，巴蕾是「近百年中最令人欽仰的劇作家」。

巴蕾出身於蘇格蘭一個織布工家庭，曾就讀於愛丁堡大學。畢業後，以賣文為生，受封為從男爵。主要作品有：《親愛的布魯托斯》（*Dear Brutus*）、《彼得．潘》（*Peter Pan*）、《可敬的克萊登》（*The Admirable Crichton*）、《婦人皆知》（*What

Every Woman Knows）、《難母難女》（*Alice Sit-By-The-Fire*）等。

熊式一很喜歡巴蕾的戲劇，在一九二九年就將巴蕾的劇本《可敬的克萊登》譯成中文，發表於《小說月報》第二十卷第三至六期，署名「熊適逸」。此外，他將巴蕾的劇本《半個鏡頭》譯成中文，刊於一九三〇年出版的《小說月報》第二十一卷第十期。

六

一九八五年十一月，為了加強《香港文學》（月刊）的內容，我寫信給熊式一，請他為《香港文學·一週年紀念特大號》撰文。

過了幾天，熊老走來香港文學雜誌社，將他譯的《難母難女》交給我。他說：「這是蘇格蘭劇作家巴蕾的三幕喜劇，原名 *Alice Sit-By-The-Fire*，是在二次大戰前譯好的。」

「二次大戰前？」我問。

「是的。」

「有沒有發表過？」

「沒有，」他答，「二次大戰前，我已將巴蕾的戲劇全部譯成中文。除了很少一部分發表在《小說月報》，其餘都沒有發表過。」

「《香港文學》不登已經發表過的文章。」我說。

熊式一隨即作了這樣的解釋：說他譯的《巴蕾戲劇全集》，有一百多萬字。當年，胡適之[2]主持中華文化基金會，有意出版此書。他將全部稿本交給胡先生，胡先生工作繁忙，一直抽不出時間審閱，因此出版此書的計劃無法成為事實。好在他家裏還有原稿，總算保存下來。

聽了熊老的解釋，我決定將《難母難女》刊於《香港文學．一週年紀念特大號》。

由於這是三幕劇，字數頗多，需要分五期刊出。

七

《難母難女》在《香港文學》刊完時，我請熊老繼續為《港文》寫回憶錄。他寫了〈八十回憶〉。

〈八十回憶〉只有四篇：（一）〈代溝與人瑞〉；（二）〈初習英文〉；（三）〈出國鍍金去，寫王寶川〉；（四）〈談談蕭伯納[3]〉。

四篇回憶錄發表後，熊老因為事情繁多，沒有繼續寫下去。

不過，這四篇回憶錄發表後，曾受到讀者高度讚揚。林融[4]在〈獨語於二十四座風景之間〉一文中，就說過這麼幾句：

> 作家憶作家，四篇長短不一，卻有共同點，可讀性高。
>
> 熊式一寫作已不多，近期卻有四篇〈八十回憶〉陸續交該刊發表，可說是該刊讀者之幸。

八

熊式一送過英國 Methuen & Co. Ltd. 出版的 *Lady Precious Stream* 給我。

我很喜歡這本書。不過，熊式一將《王寶釧》譯成 *Lady Precious Stream*（王寶川），不知用意何在？

九

熊式一為《香港文學》寫的最後一篇文章是〈談談蕭伯納〉。從這篇文章中，我們知道熊式一結識蕭伯納後，所得的印象是：

（一）蕭伯納常在作品中諷刺現實、攻擊傳統觀念；但在英國，「攻擊蕭伯納的人也不少」。

（二）一般讀者以為蕭伯納是個「自尊自大的狂人」；熊式一得到的印象卻是

「和悅易近」。

（三）蕭伯納與他筆下的人物很相似：喜歡講挖苦話，「妙語如珠」。

（四）蕭伯納「不是一個專和大家走反門的怪人」。

（五）蕭伯納舉止文雅，彬彬有禮。

十

將〈談談蕭伯納〉原稿交給我時，熊老附加兩張照片作插圖，其中之一是他與梅蘭芳[5]在倫敦合攝的照片。我看到照片時頗感意外，問他怎會在倫敦見到梅蘭芳。他告訴我：梅蘭芳到蘇聯去演戲，演畢，經巴黎到倫敦，在他家裏住了兩個多月。

十一

在熊老送給我的著作中，有一本《大學教授》。《大學教授》的封面和扉頁都印中文書名，但書脊與內文則是英文。這是一本英文書，由台北中央圖書出版社出版。

熊式一在此書的「貢獻頁」上寫了一封信給蕭伯納。信是用英文寫的，書中並無譯文。熊式一在〈談談蕭伯納〉中將這封信譯成中文，說《大學教授》這齣戲可以算是蕭伯納的戲！

這封貢獻信是熊式一在一九三九年寫的。

十二

除了著作，熊老還送過一幅字給香港文學雜誌社，寫的是清華大學歷史系教授陳寅恪[6]讀了《天橋》送給他兩首絕句中的一首：

海外林熊各擅場，盧前王後費評量。
北都舊俗非吾識，愛聽天橋話故鄉。

有一次，羅孚到香港文學雜誌社小坐，見到掛在牆壁上那幅字；寫了〈熊式一和陳寅恪〉發表在一九九五年五月十六日《明報》副刊，文中有這樣的解釋：

詩中熊、林，指熊式一和林語堂，說兩人在海外都有名。林語堂的《瞬息京華》和熊式一的《天橋》，都是流傳美國和英國的名著⋯⋯

林語堂和熊式一的著作在英、美流傳，說明兩人在文學上走的道路十分相似。林語堂曾經寫過一對聯語給自己：「兩腳踏東西文化，一心評宇宙文章。」其實，這對聯語送給熊式一也是可以的。兩人見聞廣闊，學識淵博，對中國和西方文化都很精通。

不同的是：學貫中西的熊式一不僅善文，還寫得一手好字。他的書法筆力勁健，自成一格。

十三

熊式一用英文寫《王寶川》；也用中文寫《樑上佳人》。熊式一將英文的《巴蕾戲劇全集》譯成中文；也將中文的《西廂記》譯成英文。在倫敦，熊式一用英文寫長篇小說《天橋》；在香港，熊式一用中文寫長篇小說《天橋》。

一九三四年，熊式一用英文寫的《王寶川》在英國出版，英文舞台劇《王寶川》在倫敦演出；一九五六年，熊式一用中文寫的《王寶川》在香港出版，粵語舞台劇

《王寶川》在香港演出。

十四

我知道熊式一喜歡古器物與字畫，但沒有見過他的藏品。

一九八五年十一月二十五日，他寫信給我：

> ……附上徐悲鴻作相一張，另張大千潑墨山水三張，如可作封面，原畫皆在港，可供製版……

我將徐悲鴻[7]繪的「熊式一像」刊於《香港文學》第十三期，作為《難母難女》的插圖；但沒有將張大千[8]的潑墨山水畫（《谿橋晚安》、《春山暮雪》）作封面。

從照片看來，這兩幅原畫應該是熊老收藏的，因為照片上的畫已配外架。

使我感到十分驚異的，我曾在一個公眾場所看見熊老出售字畫古物。我問熊老：「這是怎麼一回事！」他細聲告訴我：「為了貼補香港清華書院的開支。」

十五

在海外以賣英文餬口達三十年之久的熊式一，很喜歡穿唐裝。

一九三八年六月出版的 *Lady Precious Stream* 演出本，封底照片上的熊式一穿唐裝。

一九三六年，《王寶川》在美國公演，熊式一在後台與羅斯福總統夫人、男女主角合照時穿的是黑色長袍。

一九三九年，《西廂記》在倫敦上演，熊式一與男女主角合照時穿黑色長袍。

一九五四年，我在新加坡初識熊式一，他身穿白色長衫。

一九八四年，熊式一從香港到澳門去祝賀鄭卓[9]生日，不但穿白色長衫，手裏還拿一把摺扇。

一九八五年，我邀熊老為《香港文學》寫稿，他曾多次到雜誌社與我閒聊。就我記憶所及，熊老每一次來的時候都穿長袍。

不過，在他送給我的照片中，他與梅蘭芳在倫敦的合照（攝於一九三五年），穿的卻是西裝。此外，徐悲鴻畫的「熊式一像」也穿西裝。

十六

熊式一的信箋上，印有兩行英文地址，上行是香港的地址，下行是美國的地址。

從這一點來看，八十年代後期的熊式一不但在香港有家，在美國也有一個家。有人告訴我：熊老的女兒住在美國。

八十年代後期至九十年代初，熊式一常常到台灣去。

一九九一年，熊式一在北京病逝。

二〇〇二年三月三十一日

熊式一

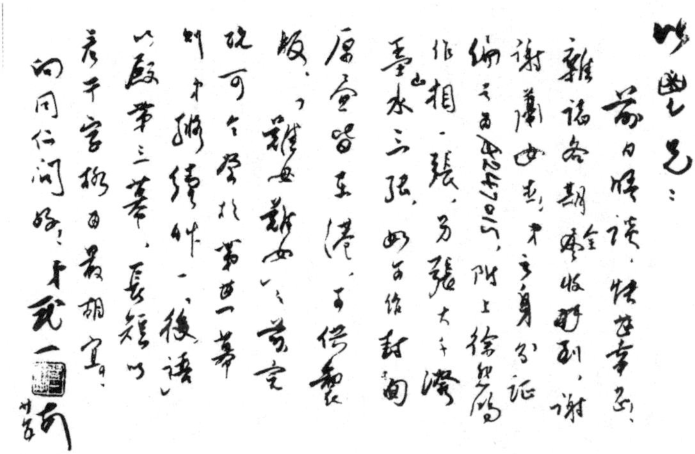

以鬯兄：
前日晤談，快甚幸甚，
雜誌各期全部收到，謝謝
謝蘭女士，才寄身分証
[illegible]，附上徐悲鴻
作品一張，另張大千潑
墨山水三張，如可作封面
原圖寄來港，可作裝
版。「雜文」新文以示完
稿可令登於第十一幕
劇本[illegible]續作一、「後語」
以殿第三幕，長短如
老干字概由最胡宜，
向同仁問好！ 熊式一 拜

熊式一給劉以鬯的信（劉以鬯：《暢談香港文學》，香港：獲益事業有限公司，二〇〇二年，頁一八三。）

編者附言

熊式一（一九〇二—一九九一），江西南昌人。筆名熊適逸，號適齋居士。畢業於北京高等師範英文科，獨鍾戲劇。一九二九年起，翻譯英國劇作家蕭伯納等人作品，刊於《小說月報》、《新月》等雜誌上，獲鄭振鐸、徐志摩等人肯定。一九三二年底赴英深造。在英國教授鼓勵下，嘗試改寫中國傳統的薛平貴與王寶釧愛情故事，出版了英文話劇《王寶川》；一九三四年冬，親自導演，把它搬上舞台，連演三年九百多場，聲名鵲起；但在中國本土，卻引起兩極熱議。不久，英譯《西廂記》，一九三六年載譽歸國。「七七事變」後，他肩負宣傳抗日使命重返英倫。一九三九年完成英文話劇劇本《大學教授》。一九四三年創作再闖高峰，出版長篇小說《天橋》，這部諷刺小說通過李氏家族的興衰，展現了晚清以來中國社會的鉅變；英國文豪H·G·威爾斯（Herbert George Wells，一八六六—一九四六）譽之為「一幅完整的、動人心弦的、呼之欲出的畫圖」（見〈《天橋》中文版序〉）。英文版倫敦重印十餘次，被譯成法、德、西班牙、瑞典、捷克、荷蘭等國文字，暢銷歐美，堪與林語堂英文名著《京華煙雲》（又譯《瞬息京華》）媲美。熊林並稱海外雙語作家，熊式一也是在英語世界撰寫並執導戲劇的第一位中國人。

一九五四年隨林語堂赴新加坡，受聘為南洋大學文學院院長；翌年四月離職，同年底到香港。一九六二年創辦清華書院，任校長。五年內，《王寶川》和《天橋》中文本先後在港問世。

一九八一年退休後，熊式一在台灣、香港、英國等地居住。一九八八年回台灣，定居陽明山。一九九一年八月，回北京；九月十五日，因白血病在京去世。

熊式一作為二十世紀中國有數的雙語作家，其對中外文學交流的貢獻，至今未得充分評價。《王寶川》中英文對照本，直至二〇〇六年三月才由北京商務印書館推出；二〇一二年八月，《天橋》簡體字版，經外語教學與研究出版社努力，首次在北京問世。

作者與熊式一結緣早，自重慶到新加坡到香港，從聞名到晤面，本文敘述詳細。

本文採用香港獲益出版事業有限公司二〇〇二年七月初版的評論、隨筆合集《暢談香港文學》（第一百七十八至一百八十八頁）的版本。

註釋

1 黎東方（一九〇七－一九九八），祖籍河南汝寧。生於江蘇鹽城。一九二六年考入清華歷史系。抗戰時任教西南聯大。一九四九年後在台大等校教近代史。一九五四年與林語堂共創南洋大學。退休後定居加州專注寫作直至病逝。

2 胡適之（一八九一－一九六二），祖籍安徽績溪，生於江蘇松江。原名嗣穈，曾取名洪騂、適，筆名冬心、臧暉等。曾任北京大學校長、中央研究院院長、駐美大使。新文化運動領袖之一。在文史哲、考據、教育、倫理、紅學等領域不乏卓識。倡導實用主義方法論，主張自由主義，一生備受爭議。

3 蕭伯納（George Bernard Shaw，一八五六－一九五〇），愛爾蘭劇作家。擅長幽默與諷刺，支持婦女權利，倡導收入平等，主張廢除私產、藝術反映迫切社會問題、用漸進方法改變資本主義制度、反對暴力革命。一九二五年獲諾貝爾文學獎。

4 林融（一九四二－　），本書編者。

5 梅蘭芳（一八九四－一九六一），祖籍江蘇泰州，生於北京。名瀾，又名鶴鳴，藝名蘭芳。八歲學戲，九歲學青衣，十一歲登台。一九四九年前先後赴日、美、蘇聯演出。一九五〇年任中國京劇院院長；翌年任中國戲曲研究院院長。在五十餘年舞台生涯中，發展和提高了京劇旦角的演唱和表演藝術，是「梅派」代表人物。

6 陳寅恪（一八九〇－一九六九），江西修水人，生於湖南長沙。字鶴壽。現代歷史學家、東方史學家、古典文學學者，曾獲選為中央研究院院士，與梁啟超、王國維、趙元任同為民初清華大學國學院四大導師。通曉多種語言。

7 徐悲鴻（一八九五－一九五三），江蘇宜興人。原名徐壽康。現代畫家、美術教育家，兼擅油畫及水墨畫，與顏文樑、林風眠和劉海粟並稱「四大校長」。

8 張大千（一八九九－一九八三），四川內江人。原名正權，後改名爰，字季爰，別號大千居士。當今最負盛名的國畫大師。一九六九年，遷往美國舊金山。一九七八年，移居台北。因心臟病逝世。

9 鄭卓（一八九〇－一九九〇），廣東中山人。原名卓軒，孫中山改之為鄭卓。一九一三年，隨孫先生巡視南方各省督辦鐵路，後又隨之訪美、加、法、日等國。一九一九年後當孫先生侍從武官。長居澳門。

記李輝英

一

抗戰後期，我寫信給李輝英，請他為我編的《掃蕩報》副刊寫稿，他寄過幾篇短文給我。那時候，我並不認識李輝英。

二

抗戰勝利後，我從重慶到上海，在《和平日報》編副刊。我寫信給李輝英向他索稿，他寄來一個中篇。那時候，李輝英在長春，我在上海，我們仍沒有見過面。

三

一九四六年，我辭去《和平日報》的職務，集中精神辦懷正文化社。

有一天，一個抱着男孩的女人走來找我。

「甚麼事？」我問。

「我叫張周，李輝英的妻子，」她答，「我從香港返回長春，輝英來信要我在到達上海時找你，請你幫我購買船票。」

聽了張周的解釋，我立即安排她與男孩暫時住在文化社，然後吩咐文化社的職員前往船公司購買船票。

四、五天後，張周搭乘輪船前往東北。我對她說：「我在這裏辦出版社，專出新文學書，李輝英有新作，請他交給我們出版。」

四

一九四八年，李輝英從長春將《霧都》手抄稿寄給我。

這是一部反映抗戰陪都黑暗角落的長篇小說，質樸明暢，思慮精密，有突出的思想性。

我很喜歡這部小說，立即付梓。為了引起讀者的注意，只出精裝本，不出普及本。

問題是：此書出版時，戰火燒至長江，通貨惡性膨脹，出版社陷於癱瘓狀態。過了一個月左右，我離滬來港。

五

一九五〇年，李輝英從長春來港。他住在蕪湖街；我也住在蕪湖街。我們終於見面了。

六

一九五一年十一月十五日《星島週報》出版，我任執行編輯。我曾多次邀李輝英寫稿，李輝英寫了〈一張鈔票的故事〉（刊於第二期）、〈情癡〉（刊於第八期）、〈契訶夫[1]與幽默〉（刊於第九期）、〈開頭的詞句〉（刊於第十一期）、〈阿彌陀佛〉（刊於第二十四期）。

七

一九五一年十一月，我編《西點》半月刊，約李輝英寫短篇。李輝英交給我〈小蘭兒的疑問〉，我將它刊於《西點》復刊號。

八

一九五二年六月七日，新加坡《益世報》創刊。《益世報》有兩版副刊：〈別墅〉與〈語林〉，由我編輯。我寫信給香港的李輝英，請他為我編的〈語林〉撰寫長篇小說。他寫了《交往》。

《交往》是從〈語林〉第一期開始連載的。到了一九五二年七月十四日，〈語林〉版與〈別墅〉版合併，用〈別墅〉名，李輝英的《交往》改在〈別墅〉版繼續連載。

一九五二年七月二十三日，李輝英寫過一封信給我，我將此信刊於一九五二年八月十九日《益世報．別墅》。信的內容是這樣的：

鬯兄：

來函收悉。我兄忙碌百端，早在意中。無論叢書雜誌，均希早日實現，弟必當遠地助威打氣也。

再來信時，請附致路易士[2]一頁，寫稿事須從緩，實無此心情。孟君[3]處即去敦促，諒無問題。弟之短篇，自更無問題。《海角天涯》，承擬收入叢書，本當遵命，惟該稿早應正與之約，此時轉讓，終像有些不好意思。弟前在《香港時報》連載之《奇異的邂逅》，迄今尚未整理，此稿我兄有意承印否？希來函告知，以便加以整理也。署名當然使用本名，以示為兄捧場。該稿整理，須大修改，形同重寫，以未發表稿視之，亦無不可。

《重逢》已排竣，自當郵贈一冊，並希多賜介紹為感。公孫魚[4]所寫兒童作品《吹笛老人》，收入弟編兒童叢書中，頗為有趣，另請再寫一本，最近想可交卷，是為兄離港後，渠之新收穫。

良光[5]和我，均在等候稿費中。叢書及雜誌詳情，希告我。因替兄趕稿，故遲多幾日，請見諒。再有一萬字，當可結束，弟也不願過於拖長也。

專覆，順頌

編安

弟 李輝英

七月二十三日

九

一九五二年十月，《益世報》自動停刊，辦了四個月零五天。

《益世報》停刊後，我先入《新力報》任總編輯兼編副刊；然後入《中興日報》任編輯主任兼編副刊、入《鋒報》任總編輯兼編副刊。我寫信給李輝英，讓他為我編的副刊撰稿。下面是他的覆信：

同繹我兄：

頃接來書，悲喜交集，天南地北，實不勝繫念之苦。我兄在新，主持三報副刊，工作定必忙碌。前寄《新力報》，隔日收到，最近別無寄來，是否我兄離開該報？

不久以前，晤李秋生[6]兄，道及曾晤劉益之，此人轉港去台，謂我兄月入可二千元。此君之言，雖未可深信，恐亦不無道理，倘真有此種收入，還望作有計劃之存儲為宜，多入多化，少入少化，一旦有急需，向人告貸，困難百端，殊不如未雨綢繆，先做百年大計也。

同縝過新時曾來一信，後即不知下文。亦不知他巴西的通訊地址。你們是否有信？希告我。

《中興日報》為黨中老報，歷史久遠，由我兄主持副刊，頗慶得人。惟不悉有無小說可資連載？倘有該項作品，且又有稿費可支，弟頗欲為兄客串一番，搖旗而吶喊。如何希抽暇覆我。張周每天學英文、打字，如果住下二三年，也許能學點東西，小牌很少打。你是否還常常為之？別的話，一時又不知從何說起。總之，我等雖未結金蘭，可謂皆有此心，惟盼今後守望相助，患難與共，則與願已足。我兄以為然否？陳衛中[7]兄去新，帶上油燜筍兩聽，不悉收到否？千里鵝毛，略表寸心而已。

專覆，敬請

夏安

弟　李輝英上

五月十日

十

一九五七年，我從新加坡返回香港。《香港時報》編輯部高級工作人員走來找我，要我重入該報編副刊。

重入《香港時報》編副刊後，我請輝英寫專欄。就我記憶所及：輝英寫過一個題名〈思想·山水·人物〉的專欄。

使我感外的是：過了一個時期，《香港時報》總編輯李秋生與副總編輯劉念真[8]都說「李輝英的專欄寫得不好」，要我停止刊登。

我並不覺得輝英的專欄「寫得不好」，不過，老總與副老總都要我停止刊登李輝英的專欄，我不能不停。

專欄停刊後，李輝英與我的往來疏遠了。為了避免我們之間的友誼出現裂縫，我曾向李輝英就此事作過坦率的解釋。

十一

一九六六年，李輝英入香港中文大學聯合書院中文系工作，常在中大校外課程部教書。

一九六七年，香港中文大學聯合書院開一門新課：「中國新文學史」，由李輝英任教。

一九七〇年，李輝英根據授課時的講義寫成《中國現代文學史》，列入大學叢書，由香港東亞書局出版。此書出版後，李輝英送過一本給我。我曾將此書從頭至尾讀過一遍。

十二

一九七六年，李輝英患震顫性麻痹，退休。他住在天后廟道二一六號七樓。我曾經走去探望過他。他的兩隻手哆嗦得很厲害。

十三

一九八三年五月二十五日，李輝英用發抖的手寫信給我：

同繹仁弟：

最近清理書信，得尊信數頁，不勝感慨，特將原件附上，請查收，便利保存也。我弟批評拙作，指出錯失，無任感謝，猶憶若干年前，在藍泉茶敘，曾道及台端之誤會，實出於吳靈子[9]之惡意造謠，老郭[10]可以為證。吳對我言行不一，因知我倆情如手足，特加破壞，無恥之至。此後如有晤面機會，一定面告不誤。兄因患老人病，行走不便，少有參加社團活動，前後兩次文匯相遇，皆係張周坐的士送迎。匆匆海外三十餘年，如在夢中，偶憶過往，與弟多所交往，感慨良多，近年以來，港地文友，相繼謝世者大有人在，我等尚未到上帝召喚之時，尤應相見以誠，歡度餘年，兄年七十有三，兩鬢白霜，每憶過去交往，衷心為歉，縱有不歡，至希海涵。心地方面，如一塵之不染，實所盼禱。兄十五年前既已升任祖父，我弟是否晉級外祖父耶？匆匆不另，敬頌

儷安

愚小兄　李輝英手上

五月二十五日

收到此信後，我於一九八三年六月寫過覆信給輝英：

輝英兄：

手書敬悉。

弟與兄訂交三十餘年，堪稱莫逆，近年疏遠，主要因為工作太忙。

弟今年六十四，每日仍須工作十二小時，雖然辛苦，心情倒也愉快。

專此順候

文祺

弟 同繹上

六月四日

十四

一九八四年六月十四日，全國作家代表團一行二十餘人，在周揚[11]率領下到深圳特區參觀訪問。翌日，李輝英等十多位香港作家應邀前往深圳聚會。火車抵達羅湖後，需徒步行走一段路到深圳。身患震顫性痳痹的李輝英根本無力步行，一時又找不到輪椅。在這種情形下，只好由身強力壯的東瑞[12]將輝英揹到深圳檢疫所。

李輝英不辭辛勞到深圳去參加此次聚會，主要是與三十年代在左聯共事的老戰友艾蕪[13]見面。當他在聚會上回顧與艾蕪的往事時，興奮激動，連講話的聲音也震顫發抖。

十五

一九八四年十二月二十六日，李輝英搭乘飛機前往北京參加中國作家第四次會員代表大會。抵達北京，三十年代的老友孔羅蓀[14]冒着凜冽寒風到機場去迎接李輝英。

關於此次會議的情況，李輝英寫過一篇文章發表於一九八五年二月三日《新晚報》。文章的題目是：〈舊友京華聚首情意深——出席中國作家「四大」漫記〉。

十六

一九八五年，李輝英寫過一篇題為〈錯失〉的文章發表於四月二十六日《文匯報．文化之窗》，其中有這樣一段：

……此外，在原書一二八頁上正文第四行有用括號括起來的句子，於寫到孫大雨[15]時說「著有長詩〈寶馬〉」，該詩作者實為「孫毓棠[16]」，誤為孫大雨，也是不應出現的錯失。至於端木蕻良[17]的短篇小說〈鷲鷺湖的憂鬱〉，我把鷲鷺誤為鴛鴦，這是由於校對的粗心促成，不是寫稿時出現的過錯。但責任上則應由我負擔，無須多加說明。以上兩處是由劉以鬯兄指出的……

十七

一九八七年元旦，李輝英、張周寄給我一張新年賀片。

十八

一九九一年五月一日下午，我在《香港文學》雜誌社工作的時候，忽然接到張周來電。我問她：「甚麼事？」張周用微抖的聲調說：「輝英去世了！」聽了這句話，我大吃一驚，視線頓時被淚水弄模糊。

二〇〇三年九月二十三日

李輝英

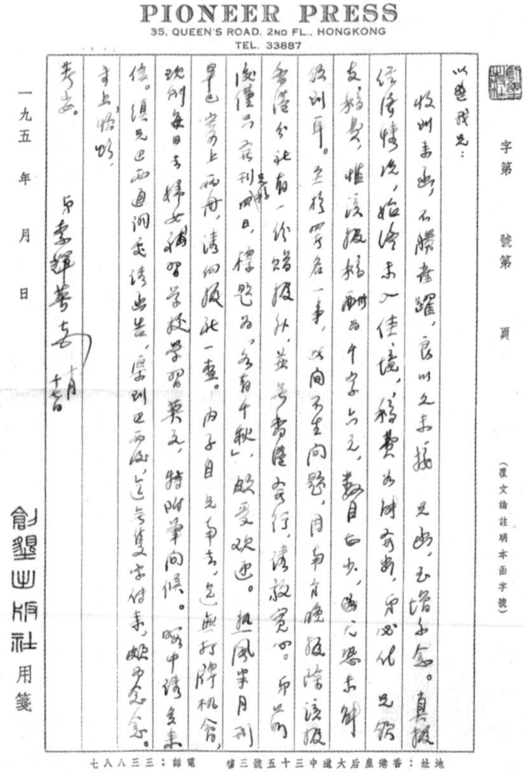

PIONEER PRESS
35, QUEEN'S ROAD, 2ND FL., HONGKONG
TEL. 33887

以鬯我兄：

一九五　年　月　日

創墾出版社用箋

字第　號第　頁

（覆文請註明本函字號）

地址：香港皇后大道中三十五號三樓　電話：三三八八七

李輝英給劉以鬯的信

編者附言

李輝英（一九一一—一九九一），滿族，吉林永吉人，原名李連萃，又名李冬禮；筆名甚多，常見的是林莽、季林、東籬等。一九二七年夏入上海立達學園高中部；一九二九年進上海中國公學大學部中文系。期間閱讀大量中外名著，開始寫小說。

一九三二年一月，丁玲主編的「左聯」雜誌《北斗》發表其抗日短篇處女作〈最後一課〉。其後，又激以一九三一年七月滿州境內因水田屯墾導致中、日、朝三方衝突的「萬寶山事件」為素材，創作長篇《萬寶山》。接着，他到淪陷了的吉林、長春、哈爾濱、瀋陽、大連等地考察，出版短篇集《兩兄弟》、《豐年》、《人間集》及散文《還鄉集》。一九三二年初，加入中國左翼作家聯盟。是三十年代崛起的「東北作家群」先驅。

「七七事變」後，投入抗日洪流中。一九三九年五月，隨文藝界抗敵協會組織的「作家戰地訪問團」，到河南中條山一帶慰問抗日將士，作品有短篇集《火花》、《夜襲》和散文集《山谷野店》。一九四一年春到一九四三年，經友人介紹，到第三集團軍中蒐集素材，完成了長篇小說《松花江上》。勝利後，任長春大學、東北大學教授。

一九五〇年秋定居香港，以寫作為生。一九六三年後執教於香港大學東方語言學院、香港中文大學聯合書院中文系。在港四十年，不少作品反映在地現實，其中的《四姊妹》是六十年代此地長篇的佼佼者；短篇集《牽狗的太太》、《名流》和《黑色的星期天》等，從不同角度勾畫「新潮泛濫」的真實世相和人生百態。還出版了《中國現代文學史》、《中國小說史》等。除外，主編過《熱風》、《文學天地》、《筆會》等刊物。一九七六年後居家養病，堅持筆耕。

關於他的赴港，葉靈鳳日記（一九五一年四月三十日）載：「李輝英晚間到報館見訪，同出至合勝記小坐，他吞吐向我表示，彼離開東北來港，並非如他在文章上所表示，係過不慣當地生活，而係負有特別任務者。——不知何故對我作此表示，甚怪也。」一九九一年李病逝月餘，梅子在〈悼念李輝英先生〉（見《香港文學識小》第一百七十六至一百七十七頁，香江出版有限公司，一九九六年）中說：「一九八五年五月底，丁玲訪澳洲回國經港時，因在座談會上見到了帶病而來的李先生伉儷，她很有感觸地說：『老實說，像李輝英先生這樣的老作家，也該給予公正的評價！』我問丁玲：『到底為甚麼內地的文學史把他的名字刪去？』丁玲說那是一場誤會。」羅孚在李週年祭日寫的〈東北雪東方珠〉裏指，丁玲所云「誤會」「具體有着甚麼」並不清楚。但他也披露：一九八〇年前後，曾應邀到北角天后廟道李寓喝下午茶，李「告訴我，他和內地的一個單位多年來都有着聯繫，他為此不止一次去過廣州。不過一般人不知道，他要我也不必讓一般朋友知道，只是心裏明白就行了」。（見《南斗文星高——香港作家剪影》第二百九十六至二百九十七頁，天地圖書有限公司，一九九三年。）二〇〇八年，羅先生於上海三聯二度復刊的《書城》雜誌五月號作〈葉靈鳳的日記〉一文，重錄葉上述日記中那段話。梅子二〇〇三年撰文〈被「誤會」的先驅——我所認識的李輝英〉，援引更多資料，分析了這件「懸案」，可參考。（見《人文心影》第八十至九十頁，天地圖書有限公司，二〇〇五年。）

作者與李輝英交往始於抗戰後期的重慶，延至上海懷正文化社成立時，再到兩人移居香港之後，直至李逝世，粗算共逾四十五年。箇中恩怨本文略有所及。

本文採用香港天地圖書有限公司二〇〇七年十二月初版的多品種散文集《舊文新編》（第七十二至八十六頁）的版本。

註釋

1 契訶夫（Антон Павлович Чехов，一八六〇—一九〇四），俄國批判現實主義作家，二十世紀世界現代戲劇奠基人之一，與莫泊桑、歐·亨利並稱「三大短篇小說家」。

2 路易士（一九一三—二〇一三），即紀弦，原名路逾，字越公，另有筆名章容、青空律等。陝西扶風人。有「台灣現代詩點火人」之譽。

3 孟君（一九二四—一九九六），廣東人。原名馮畹華，筆名浮生女士、屏斯。八歲開始寫作。一九四六年在廣州已有文名。一九四九年移居香港，不久創辦《天底下》周刊，埋首寫作流行小說，作品近百部，同時任電台及電視節目主持。

4 公孫魚（一九一三—一九八九），祖籍浙江鎮海。即作者胞兄劉同縝。美國威斯康辛國際關係學碩士。作家、翻譯家、編輯。一九五〇年代初自港移居巴西。

5 良光（一九二二—　），福建莆田人。原名陳良光，筆名楊村。曾任《星島日報》、《星島晚報》、《星島週報》、《南華晚報》編輯。影評家、編劇。曾任浸會大學新聞系講師。

6 李秋生（一九〇一—一九九三），河北寶坻（今屬天津）人，又名李希逸。早年在北京大學文科求學時，與李大釗、張國燾、羅章龍等人，同為北大「馬克思學說研究會」成員，曾加入中共。抗戰爆發後，致力於抗日宣傳。一九四九年八月四日自上海來港，創辦《香港時報》（*Hong Kong Times*），任總編輯；又替美國新聞處轄下的今日世界出版社譯書，並任香港中國筆會會長。七十年代初定居美國直至病逝。

7 陳衛中（？—？），上世紀七十年代中之前，曾任香港世界出版社總經理。

8 劉念真（？—？），早年天津《大公報》採訪主任。一九四九年入《香港時報》，任採訪主任、副總編輯。一九七〇年為《工商日報》總編輯，七十年代後期辭職。

9 吳靈子（？—一九七三），曾於上海經商；一九四九年後移居香港，寫作報章專欄，並任職香港美國新聞處《今日世界》雜誌。

10 老郭（？—？），原名郭旭。香港人。新加坡《南洋商報》香港辦事處職員。

11 周揚（一九〇七—一九八九），湖南益陽人。原名周運宜，字起應，筆名綺影、谷揚等。文藝理論家、翻譯家。畢業於上海大夏大學，曾領導「中國左翼文藝運動」。一九四九年後，曾任中共中央宣傳部副部長，具體領導了上世紀六十年代中期以前全國歷次文藝界批判運動。晚年提出人性論和異化論。

12 東瑞（一九四五—），祖籍福建金門。生於印尼。原名黃東濤。華僑大學中文系畢業。後移居香港，從事文學創作，並創辦獲益出版事業有限公司。

13 艾蕪（一九〇四—一九九二），四川新都人。原名湯道耕。現代作家。一九二五年開始發表作品。早年在雲南、緬甸做勞工，曾任報館校對、副刊編輯、教師。

14 孔羅蓀（一九一二—一九九六），上海人。原名孔繁衍，筆名葉知秋、羅蓀。曾任《文藝報》

主編。現代作家、評論家。

15 孫大雨（一九〇五－一九九七），原籍浙江諸暨。原名孫銘傳，字守拙，號子潛。詩人、翻譯家、莎士比亞學者，華東師範大學外文系教授。

16 孫毓棠（一九一一－一九八五），江蘇無錫人。筆名唐魚。歷史學家、詩人。所作〈寶馬〉被稱為中國現代詩史上第一首敘事長詩。

17 端木蕻良（一九一二－一九九六），滿族，遼寧昌圖人。原名曹漢文，因崇仰屈原改名曹京平，筆名有葉之琳、曹坪等。小説家、《紅樓夢》研究者，現代文學史上「東北作家群」代表人物。

憶施蟄存

一

二〇〇三年十一月二十日，在《明報．中國社會版》看到「名作家施蟄存病逝」的消息，深感悲痛。

二

一九四六年，我在上海創辦懷正文化社，本推進文化的職志，出版高水準的文學作品。我請施蟄存編一本新集，列入《懷正文藝叢書》。施蟄存將二十三篇散文結成《待旦錄》交給我。

三

一九四八年，我離滬來港。我與施蟄存有一段很長時間音訊隔絕。

一九八〇年五月二十一日，我在《快報》編副刊時，意外地接到施蟄存從上海寄來的信：

以鬯先生：

卅年不相聞問，近知足下在港，且已得讀大作，甚以為慰。徐訏想常晤及，請為致意。

楊靜[1]和盧瑋鑾[2]女士有信來，說足下有意為望舒印一個選集，高誼可感，不過望舒作品，除了詩以外，其他均未嘗印單行本，無從選起。《小說戲曲論文集》本來內容不多，要選也只有一二篇可選，加入在《詩選》中，也不很合適。

我曾想編一本望舒詩文集，內容為（一）全部詩作、（二）全部譯詩、（三）全部散文（不多）、（四）雜文、書信。如果把《小說戲曲論文集》也收進去，恐怕一共不過二、三十萬字。譯詩部分，已出單行本者不收入。（《洛爾迦詩鈔》及《惡之華掇英》）現在詩集全稿已付四川人民出版社出版，須本年第三、四季度方能印出。其他部分，國內大概不會要，如果你們那邊能承受，為他印出，是「存歿同感」的大好事。

我早已不幹新文學創作，三十年來沒有寫過甚麼東西，近來有幾位學生在為我搜集三十年代各報刊上發表過的雜文，我想編為一本《舊箧集》。你們如肯承接、印行，使我及時能做一個結集，留下一個腳印，亦甚感激。不過，這是順便向足下徵訊，到底有多少文章可編錄，我自己還心中無數呢。（已刊入《燈下集》及《待旦錄》者不再收入）

我二十年來，熱心於金石碑版，收了不少古器物拓本，我想選出一二百種，編一個集子，一面圖版，一面解說。這樣一本書，香港有出版家能為印出否？請足下代為留意，介紹一下。

專此即頌

著祺

施蟄存

一九八〇年五月十四日

讀了施蟄存的來信，我立即答覆，將事情的實際情況告訴他：

蟄存先生：

音訊隔絕，數以年計，突奉手書，喜出望外。

出版《望舒選集》，是我的主意，因為事情並不如最初想像那樣簡單，只好放棄。

此間教育出版社最近約我為他們編輯《中國新文學叢書》一套（共十本），正在集稿中，大作《舊篋集》倘能於短期內寄到，當可編入叢書。字數勿超過十萬，請寫一篇〈前記〉（藉此表示並非翻版書），並附照片（兩三幀，各期）與手稿（一兩頁）。

「教育」出書，不抽版稅，只付港幣壹仟貳佰元，作為稿酬。

香港是個商業社會，一般文藝書籍都很滯銷，「教育」出版的書以銷南洋為主，南洋為政治敏感地區，書籍有政治色彩的，可能會被禁止入口。

金石碑版的集子，難找出路。

匆匆不盡，即頌

著安

弟　劉以鬯上

五月二十一日

信寄出後一個多月，未接覆函，懷疑郵遞有誤，再寄一封給他，將情況重述一次。半月後，接到覆函，知道「《舊篋集》還只是一個打算，想把幾十年來沒有收集的雜著編一個集子。……這個工作頗費時日，不知何時可成。」

既然如此，我只好取消將《舊篋集》編入《中國新文學叢書》的計劃。

四

一九八五年，我創辦純文藝雜誌《香港文學》。香港是一個高度商業化的社會，文學商品化的傾向十分嚴重。在香港辦純文藝雜誌，困難很多，單靠逆水拉縴的功夫是不夠的，還需要推石上山的氣力。在這種情形下，《香港文學》要是沒有豐富多彩的內容與別出心裁的形式，就無法實現理想。

一九八五年二月二十八日是戴望舒逝世三十五週年，為了增強《港文》的內容，我決定組一個特輯，刊於第二期。

組稿時，我請盧瑋鑾撰寫〈戴望舒在香港〉並提供部分戴望舒的舊作；然後寫信給「戴望舒最親密的朋友」施蟄存，請他在一九八四年十一月三十日以前為《港文》寫一篇有關戴望舒的文章。信寄出後，不到半個月就收到施蟄存的覆信，答應在十一月將稿寄給我。我很高興。

到了十一月二十四日，施蟄存寄來這樣一封信：

> 以鬯先生：
>
> 今天是十一月二十四日，我答應你的文章還寫不起來，因為沒有材料可寫。這件事怕要失約了。
>
> 但我這裏有兩本戴望舒的日記，大約是一九四〇年的，內容有許多不便發表，但我可以節抄三五千字給《香港文學》，似乎比我寫的文章更

有意義。

我怕文稿不能寄出，從前寄《大公報》及《文匯報》稿都是寄深圳郵政信箱的。如果寄你文稿，有無妥當的辦法，請惠覆，即可寄上。

專此即請

撰安

施蟄存

十一月二十四日

施蟄存肯提供戴望舒的遺稿《林泉居日記》，對我來說，這是想找也不可能找到的稿子，竟在意料之外得到了。我立即覆信給施蟄存：

蟄存先生：

手示敬悉，感謝你的幫助。

〈特輯〉能發表戴望舒的日記，非常理想，但沒有你的文章，就會缺乏權威性。我希望你能為戴的日記寫一點說明，字數不拘，三四千字或一兩千字都可以。馮亦代[3]、盧瑋鑾的文章已寄來。王佐良[4]也在趕寫中。

大作與戴的《日記》可寄：

廣東省
深圳市
深圳〇三二信箱
中國新聞社
陳嗚先生收

請在信中寫明「轉交《香港文學》劉以鬯」。

匆匆奉覆，敬頌

著安

弟　劉以鬯上
一九八四年十二月一日

意想不到的：施蟄存因為忙於「趕閱研究生畢業論文，毫無餘暇」，無法寫稿，只好為《林泉居日記》寫兩段「附記」。

五

五年後，施蟄存來信，建議《港文》發刊〈戴望舒逝世四十週年紀念特輯〉，由他組稿。

我立即覆信，感謝他的支持與幫助，請他盡快集齊稿子。

一九九〇年三月一日，施蟄存來信：

以鬯兄：

今日收到二月二十三日手教，知貴刊可以發望舒紀念專輯，甚感。二月底發稿已來不及，我想把此事延至七、八、九期去，不知有問題否？我計劃有下列諸文：

一、吳曉鈴[5]、馮亦代、紀弦、我、利大英各一篇。

二、望舒未完譯稿《吉訶德先生傳》之一章，有很多註。此稿因不全，無法出版，但比楊絳[6]譯得好。因為是學術性的譯文，我想發表一章，留一鴻爪。

現在，紀弦已答應。他直接寄與兄而將複印本寄我。兄收到後，暫勿付字房。

吳曉鈴病入醫院，怕不能寫了。

我的一篇最早要三月底可交。

利大英的一篇尚未得回信。

我想這樣決定，可以嗎？

稿全後，由兄決定排在第幾期。總之要在九月之前。所有文稿都不要稿酬，送半年雜誌，到十二月為止。

寫專輯文章的，每人多送本期一冊。

我希望以四月底為「死線」，努力爭取三月底交全。這樣行嗎？如果你 OK 請再惠一信，一言定局。

祝安健

施蟄存
三月一日

馮亦代寄了任之栖[7]的文章，是否也在專輯中？馮自己還寫不寫？我以為文章不宜太多，按照我的計劃夠了。

又及

由於組稿需要較長的時間，直到五月底，施蟄存才將〈戴望舒逝世四十週年紀念特輯〉的文章收齊，共三萬字。他不但寫了〈詩人身後事〉，還提供兩張從未發表過的照片。稿子寄到後，我立即發排，〈特輯〉於《港文》第六十七期刊出。

過了半個月，施蟄存來信：

以鬯兄：

我住醫院作全體檢查，從四日至十二日。昨日回家，得讀手書，知〈特輯〉在七月份即可刊出，如此神速，非此間可及，甚感。

今將孫源地址及小傳抄奉，稿酬如可付港紙，請交辜健[8]代收。我函告孫兄，讓他託古劍在港購買零星小物。

望舒譯《惡之華掇英》是兄為他印行的，我的文中誤記為望舒自印，不知後來改正了沒有，請查閱拙稿。如未改正，千乞代為改好。

此請道安

施蟄存

六月十三日

孫源（一九一二— ），上海人，新聞工作者，法語翻譯家。一九三三至一九四二在香港。建國後，任北京外文出版社，專職編譯，今已退休。

六

施蟄存為《港文》組成的〈戴望舒逝世四十週年紀念特輯〉，共六篇，包括 Gregory Lee（利大英）寫的〈戴望舒在法國〉。利大英是英國漢學家，著有 *Dai Wang Shu : The Life And Poetry Of A Chinese Modernist*（《戴望舒：一個中國現代派詩人及其詩》）。我不認識利大英。

一九九〇年四月三十日（星期一）下午，利大英忽然來訪，告訴我：施蟄存請他為《香港文學》〈戴望舒逝世四十週年特輯〉寫的稿子已寫好，他將於五月一日搭機前往北京，然後轉上海。到了上海，他會將稿子交給施蟄存，由施蟄存直接寄給我。

此外，他告訴我：他寫的 *Dai Wang Shu: The Life And Poetry Of A Chinese Modernist* 已由中文大學出版社出版，將請詹德隆[9]寄一本給我。

他說他是 BBC 記者，問我是否願意接受訪問。

「甚麼題目？」我問。

「六四以後的中國文學。」他答。

「我不想談這個題目。」我說。

「此次訪問只對英國國內聽眾廣播。」他說。

我還是搖頭。

然後，拍照。

過了十天，他來電告訴雜誌社李小姐：下午來社。可是，到了下午四點半，他再次來電，說在中文大學有許多事情要做，抽不出時間到雜誌社來了。他將於明日搭機回英。他說曾在上海見到施蟄存，施的健康情形相當好。

七

一九九一年，我收到錢虹[10]從上海寄來的稿子，標題〈為了「拆除」的紀念——懷正文化社舊址尋訪記〉，寫的是我的舊居。我將它發表在《香港文學》第七十七期，文中有這樣一段：

……施蟄存先生曾親口告訴我，他四十年代的一本散文集《待旦錄》，就是一九四八年懷正文化社出版的。年逾八旬的施教授還清晰地記得這一往事。當時，出版社設在劉家，據說「懷正」這一名稱，也是源自劉家「懷正堂」之堂名，取其「浩然正氣」之意。至於將出版社改名為文化社，則是徐訏的主意，他認為這樣業務範圍可以更寬些。文化社成立後，不但為作家出版書稿，還為作家提供過清靜的創作環境，著名作家姚雪垠就曾在該址二樓住過，並創作和修改了《長夜》、《差半車麥稭》、《牛全德和紅蘿蔔》等現代文學名篇。……

施蟄存讀了錢虹的文章，寫信給我：

以鬯仁兄：

久未奉候，想起居安吉。

《香港文學》每期拜領，每期都有關於大陸文史資料的文章，頗受此間人士重視。我這裏常有人來借閱，不知是否可以在北京、上海、成都、廣州等處設幾個分銷點，用以貨易貨辦法解決經濟問題？

今代此間青年詩人孟浪[11]寄詩四首，欲登龍門，不知可否許其跳入？原稿用簡體字，我已代為抄過。

錢虹文已看過，知兄故居猶在，不知兄是否有意收復失土？近年來，私房發還，對港美華人產業優先落實，兄故居是否有可能收回？要不要我介紹一個律師辦理此事？

我有一篇文章〈缅鈴考〉，不雅，但是嚴肅的，廣州《隨筆》不能用，我請編者寄給老兄，收到後，請看看，如果也不能用，請轉給古劍。

匆此便請文安

施蟄存

過了一年左右，施蟄存來信，再一次提到我的舊居：

江蘇路正在擴展，將改為五車大道。路旁居民，勒遷至浦東或北新涇，民怨沸騰而不敢言。足下房屋，是否有權可以收回，如可能務必從速辦好手續。此間房屋政策，十分霸道，兄萬不可拖延下去，到明年，兄必無法收回了。以此奉告，請注意。

蟄存的勸告，使我看到了事情的嚴重性。我曾搭機回滬，向當局申請發還舊居，雖有土地權狀等證件，卻沒有達到目的。縱然如此，我還是非常感謝蟄存兄的好意。

二〇〇三年十二月二十一日

施蟄存

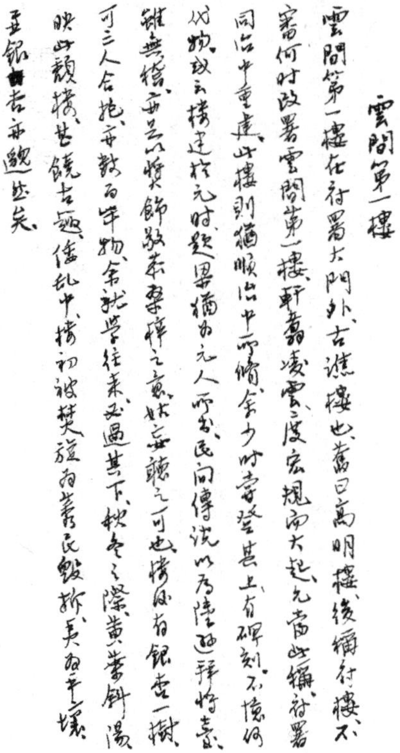

雲間第一樓

雲間第一樓在府署大門外，古譙樓也。舊曰高明樓，後稱府樓。不審何時改署雲間第一樓。軒翥凌雲，度宏規而大起，允當此稱。府署同治中重建，此樓則猶順治中所修。余少時嘗登其上，有碑刻，不憶何代物。或云樓建於元時，題署猶為元人所書。民間傳說以為陸遜拜將臺，雖無據，亦足以資飾敬恭桑梓之意，姑妄聽之可也。樓後有銀杏一樹，可三人合抱，每歲可百斛物。余就學往來，必過其下。秋冬之際，黃葉斜陽，映此顏樓，甚饒古趣。倭亂中，樓初被焚，旋為暴民毀拆，夷為平壤。並銀杏亦斲伐矣。

施蟄存手跡（施蟄存：《雲間語小錄》，上海：文匯出版社，二○○○年，頁三九。）

編者附言

施蟄存（一九〇五—二〇〇三），浙江杭州人。原名施德普，字蟄存，筆名安華、薛蕙、李萬鶴等。八歲隨家遷居江蘇松江（現屬上海市）；一九二二年考進杭州之江大學，次年入上海大學，開始文學生涯。一九二六年轉入震旦大學法文特別班，與同學戴望舒、劉吶鷗等創辦《瓔珞》旬刊。一九二八年後任上海第一線書店和水沫書店編輯，參與編輯《無軌列車》、《新文藝》雜誌；一九二九年，創作《鳩摩羅什》、《將軍底頭》等小說，首次運用心理分析方法，着意描寫人物主觀意識的流動和心理感情的變化，用快速節奏表現病態都市生活，成為中國「新感覺派」重鎮。

一九三二年主編《現代》雜誌，引進現代主義思潮，推崇現代意識的創作，影響廣泛；一九三四年應上海雜誌公司之聘，與阿英（錢杏邨，一九〇〇—一九七七）合編《中國文學珍本叢書》。一九三七年起在雲南、福建、江蘇、上海多所大學任教，一度居港。

一九四九年後，任教華東師範大學中文系。一九五七年劃為「右派」，轉而研究古典文學和碑版文物；翻譯也有成績，中國翻譯協會稱之為匈牙利、波蘭語「資深翻譯家」。

作者初交施蟄存，當在為懷正文化社約書稿時。一九八〇年因想編戴望舒選集，斷弦再續。此後諸事始末，本文已詳。

本文採用香港天地圖書有限公司二〇〇七年十二月初版的多品種散文集《舊文新編》（第四十九至六十五頁）的版本。

註釋

1 楊靜（一九二七—一九九八），又名楊麗萍。與戴望舒相識時任香港大同圖書印務局抄寫員。一九四三年五月三十日兩人共結連理，生二女戴詠絮和戴詠樹。一九四九年二月分離。

2 盧瑋鑾（一九三九— ），祖籍廣東番禺，生於香港。筆名小思、明川等。散文家，曾任香港中文大學中文系教授、香港文學研究中心主任。

3 馮亦代（一九一三—二〇〇五），浙江杭州人。原名貽德，筆名樓風、馮之安等。資深作家、翻譯家、美國文學研究專家。

4 王佐良（一九一六—一九九五），浙江上虞人。詩人、翻譯家、教授、英國文學學者。

5 吳曉鈴（一九一四—一九九五），遼寧綏中人。學者，研究領域包括文獻學、語言學、梵文及印度文學的翻譯和中國古典戲曲、《紅樓夢》。

6 楊絳（一九一一—二〇一六），江蘇無錫人。本名楊季康。現代作家、翻譯家、外國文學學者。錢鍾書夫人。

7 任之栖（？—？），生平未詳。

8 辜健（一九三九—二〇二四），祖籍福建泉州，生於馬來西亞。筆名古劍。一九六一年華東師範大學中文系畢業。一九七四年移居香港，歷任《新報》、《東方日報》、《華僑日報》副刊編輯，《文學世紀》主編。

9 詹德隆（？—？），一九六八年香港大學英國文學系畢業後，負笈曼徹斯特大學研究院修讀政治。一九七六年回港，曾服務於香港無綫電視、香港中文大學、香港總商會等機構。一九八〇年入選香港十大傑出青年。

10 錢虹（一九五四— ），江蘇南京人。筆名金蛩。一九八二年華東師範大學中文系畢業。先後任華東師大、同濟大學文法學院教授。主要研究中國現當代及台港文學。

11 孟浪（一九六一—二〇一八），祖籍浙江紹興，生於上海。原名孟俊良。一九八〇年代中國現代詩重要群落「海上詩群」代表詩人。曾任文學人文雜誌《傾向》執行主編。

長跑不倦的何達

專欄

一九八二年七月底，香港三聯書店經理蕭滋邀請二十幾位作家在中環僑商大廈四樓一家酒樓共進午餐，席間何達坐在我旁邊。

進食時，何達告訴我：「兩年前，因為要到外地去旅行，將幾個專欄都停掉；今年春天返回香港，再也找不到地盤寫專欄。」

我說：「這不應該是很困難的事。」

聽了這句話，何達用略帶激動的語調問：「能不能在你編的《快報》副刊寫一個專欄？」

我點頭表示同意。
他問我：「寫雜文？」
我說：「很喜歡你的詩，最好寫一個詩專欄。」

玫瑰園

一九八二年八月九日，何達寄給我一封信與十五首短詩。在信中，他這樣寫：

以鬯兄：
真高興極了
能在你的版面上寫詩。
先送上十五首

請全權處理
任意增刪
發表前請告我
以便買報紙。

何達

收到十五首詩，我立即發排；然後打電話給何達，告訴他刊出的日期；同時約他為我編的《星島晚報．大會堂》寫稿。

過了半個月，何達寄給我第二批為詩專欄〈玫瑰園〉寫的短詩，在附信中告訴我：「〈大會堂〉稿在構思中，想到寫法即動筆。」

發表在〈大會堂〉的詩文

一九八二年十一月初，何達交給我兩篇演講稿：一、〈新詩朗誦四十年經驗談〉；二、〈新詩朗誦的表演與交流〉。我將這兩篇演講稿分別刊於十一月十七日與二十四日〈大會堂〉。

之後，何達在〈大會堂〉發表的作品有下列六篇：

一、〈我們的孩子們是非常聰明的〉，刊於一九八三年一月十九日。

二、〈給劉賓雁[1]〉，刊於一九八三年一月二十六日。

三、〈生命總要燃燒——談魯鈍[2]的詩〉，刊於一九八三年五月十八日。

四、〈潮汐小唱〉，刊於一九八三年六月十五日。

五、〈朋友〉，刊於一九八三年六月二十九日。

六、〈他心頭有十個太陽〉，刊於一九八七年十一月十九日。

寫詩的經驗

一九八五年九月二十二日下午，我邀請十三位詩人、詩評家舒巷城[3]、何達、梁秉鈞[4]、鍾玲[5]、李英豪[6]、羈魂[7]、李國威[8]、葉輝[9]、秀實[10]、陳德錦[11]、陳昌敏[12]、羅貴祥[13]、迅清[14]在中環國際大廈十一樓「香港中華文化促進中心」參加座談會，討論「香港的新詩」。

在會上，我請何達談談寫詩的經驗。

何達說了這樣一段話：

> 我十五歲開始寫詩，到現在已有五十五年了。第一首抗戰時發表於《武漢日報》，叫做〈戰爭的熱望〉。本來不打算發表。有個朋友從漢口來找我，看了很喜歡便拿去了。那時候人人都渴望戰爭，政府卻不願意。我的長詩就寫出了一般平民渴望抵抗侵略的心情，可惜刊出後我沒有讀

到。一九四八年來港後，又繼續寫詩。高朗[15]在《新晚報》編〈下午茶座〉，叫我寫新詩。我說：誰人看新詩呢？人人那時都只看打油詩舊詩。高朗答我：因為沒人看，所以叫你寫。

聞一多

何達是聞一多的學生，聞一多很喜歡他。

一九八六年，為了紀念聞一多逝世四十週年，我請何達寫一篇文章或一首詩。何達寫了一首短詩給我，詩題：〈聞一多〉，只有十二行，語言精煉，有豐富的思想感情。我將這首詩發表在《香港文學》（月刊）第二十一期。

此詩刊出後，何達寫了一封信給我：

以鬯兄：

此稿能在《香港文學》發表，聞先生一定很高興。

一九七六——一九七七在歐美巡迴講學。（在美國三十一天內講四十三次）留學生界，非常喜歡聞一多的故事。麥迪遜威斯康辛大學中國學生會，曾自編《聞一多》一劇，在各城市巡迴公演，惜未看到。但我在芝加哥和麥迪遜講聞一多，朗誦他的〈洗衣歌〉和〈靜夜〉，卻大受歡迎。

小華[16]的〈聞一多先生的畫像〉，原長二萬字，現加以濃縮，不到四千字，附上照片，請代保存。

祝好！

何達

一九八六年八月二十八日

香港文學雜誌社

何達住在禮頓道六十號C七樓；香港文學雜誌社設在摩利臣山道文華商業大廈，很近。〈聞一多〉一詩刊出後，何達曾多次走來香港文學雜誌社交稿，與我閒談。他每一次來的時候，總是穿紅T恤白短褲，即使寒冷的冬天，也是穿得這樣單薄的。有趣的是：他走來雜誌社小坐，總會遇見來自歐美或澳紐或東南亞的文友。因此，他在詩專欄〈玫瑰園〉中寫了一首題為〈香港文學雜誌社〉的短詩。這首詩刊於一九八七年十一月十九日《快報．快活林》，內容如下：

香港文學雜誌社　何思玫

在你的會客室中
遇見了遠方的客人

來自東
來自西
來自椰風蕉雨的南方

一一握手
陣陣歡笑
好像是萍水相逢
其實是聞名已久

詩人　詞客　小説家
紛紛前來拜訪
像朝聖一樣

直

何達性情直爽，心直口快。從一九三〇年到一九九四年，他一直用響亮的聲音「傾泄直率的狂歌」。

夏易[17]說何達太「直」。

夏易不能接受何達的「直」。

跑過了幾十個年頭

「直」是不是何達的缺點？很難判斷。

不過，「勤」是何達的優點，應可肯定。

一九八二年十一月四日，何達送我一本書，書名《長跑者的歌》，是詩集，選輯他從一九四三年至一九七九年的詩作。

他寫過很多很多很多詩作，單是為《快報》副刊寫的詩專欄〈玫瑰園〉，每天一首，寫了兩千多首。

不僅如此，一九八七年他還要求我在《快報·快活林》給他一個地盤，寫長篇連載小說。我接受他的要求，他用筆名「洛美」寫了《紅衣女郎》。

他很勤奮，一直穿着紅T恤白短褲奔跑，「不停地跑着，跑過了幾十個年頭」，不知疲倦。

二〇〇四年二月二十二日

何達

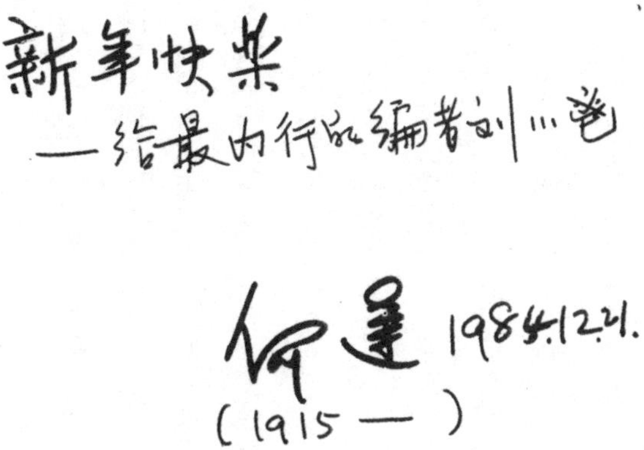

新年快乐
——给最内行的编者刘以鬯

何達 1984.12.21.
(1915—)

何達寫給劉以鬯的新年祝賀

編者附言

何達（一九一五—一九九四），福建閩侯人，生於北京。原名何孝達，筆名有洛美、尚京、葉千山、陶融、何思玫、言茜子等數十個。現代詩人。一九三〇年開始寫新詩，初受徐志摩、郭沫若、李金髮、臧克家等人影響，後得艾青指導，一九四二年進入西南聯大學習。一九四六年轉入清華大學社會學系，師從朱自清。一九四八年出版詩集《我們開會》。

一九四九年移居香港，曾任香港作家聯會理事。一九七六年參加愛荷華大學國際寫作計劃，一九七九年加入中國作家協會。著有《我們開會》、《洛美十友詩集》、《何達詩選》、《長跑者之歌》、《興高采烈的人生》等。

作者一九四八年底來港，比何達早幾個月，兩人哪年初識，待考。但文中開頭顯示，他們一九八二年之前互不陌生。香港作家聯會一九八八年一月成立，兩人從這年直到一九九四年何達離世，同為三屆理事會理事，加起來交情也有十數年了。

本文採用香港天地圖書有限公司二〇〇七年十二月初版的多品種散文集《舊文新編》（第三十六至四十五頁）的版本。

註釋

1 劉賓雁（一九二五—二〇〇五），吉林長春人。作家、記者。作品影響很大。一九八八年春赴美講學。因直腸癌在美去世。二〇一〇年底，骨灰安葬北京市天山陵園。

2 魯鈍（一九四三— ），砂勞越古晉詩人。原名鄭憲文。何達收到他寄贈的詩集《生命總要燃燒》後，寫下此文。

3 舒巷城（一九二一—一九九九），廣東惠陽人，香港出生。原名王深泉。詩人、作家。

4 梁秉鈞（一九四九—二〇一三），廣東新會人。筆名也斯、心猿等。香港詩人、作家。

5 鍾玲（一九四五— ），廣州人，生於重慶。作家、比較文學學者。二〇〇三至二〇一二年任香港浸會大學文學院院長，參與創立國際作家工作坊與「紅樓夢獎」。

6 李英豪（一九四一— ），原籍廣東中山，在香港長大。筆名容冰川、余橫山等。曾任香港現代文學美術協會會長。七十年代致力於劇本創作和翻譯。近年研究禪學、神話寓言、蘭藝、古董錶玉、珍郵等，並主持香港電台文化節目。

7 羈魂（一九四六— ），祖籍廣東順德，生於香港。詩人、教育工作者。香港大學中文系文學碩士。曾編輯香港《詩風》詩刊十三年。

8 李國威（一九四八—一九九三），原籍廣東台山，生於香港。曾任報刊、電視台和出版社編輯，作品包括新詩、散文、小説、影評等。

9 葉輝（一九五二— ），廣西合浦人，生於香港。本名葉德輝，筆名葉彤、方川介、鯨鯨等。曾任記者、翻譯、編輯、報社社長。業餘寫作現代詩、散文、小説、評論。

10 秀實（一九五四— ），祖籍廣東番禺，生於香港。原名梁新榮。詩人、專欄作家。曾任中學教師。

11 陳德錦（一九五八— ），原籍廣東新會，一九七〇年移居香港。詩人、散文家。浸會學院畢業後，曾任出版社編輯，中學、大學教師。

12 陳昌敏（一九五二— ），原籍廣東汕頭，生於香港。中學畢業後當工人。業餘寫詩，多次獲獎，有「工人詩人」之譽。

13 羅貴祥（一九六三— ），原籍廣東南海，生於香港。詩人、作家。曾任短期報章記者、編輯。美國史丹福大學比較文學博士。先後於美國、香港高校任教授。

14 迅清（一九六一— ），原籍廣東中山，生於香港。本名姚啟榮。詩人、作家。曾任短期報章記者、編輯，後為中學校長。

15 高朗（一九二三—一九七七），湖北人。詩人、作家、影評人（筆名藍湖）。一九四九至一九五五年任香港《大公報》副刊編輯，後調《新晚報》主持副刊，再後改為專職撰述員，以筆名「吳法」作《黃巢傳》。

16 小華，何達筆名。

17 夏易（一九二二—一九九九），廣東新會人。原名陳絢文。何達前妻。一九四二年從香港到昆明入讀西南聯大社會系，一九四六年畢業後回港教書。一九五四年業餘開始創作小説。

記傑克

一

認識傑克是在一九五一年。那時候，我在《星島週報》工作，傑克為《星島日報》撰寫連載小說。傑克每一次送稿來，總會與我聊幾句。

二

四、五十年代，傑克在報章發表的連載小說，膾炙人口，追讀的人很多。這時期，傑克寫的小說着重趣味，誠如馬崙[1]在《新馬文壇人物掃描》中所說：「文學價值不高。」雖然如此，傑克在這時期發表的《改造太太》卻被譯成日文在東京出版。

三

使我感到意外的是：就在這個時期，傑克忽然拿了托爾斯泰[2]的短篇小說〈愛利亞〉（由英國權威學者毛特〔Aylmer Maude〕譯的英譯本，牛津大學出版部出版）給我，要我譯成中文。

「為甚麼？」我問。

「今年恰逢托爾斯泰週年祭，」傑克說，「我決定編一本《托爾斯泰短篇小說集》，作為『基榮名著選譯第一種』。我已邀請韋瀚章[3]、望雲[4]、平可[5]、梅開先[6]等分任譯述，希望你也幫我譯一篇。」

「這是很有意思的工作。」我說。
「希望能夠得到你的幫助。」他說。

四

《托爾斯泰短篇小說集》出版後，《華僑日報》曾鄭重推薦，認為「這本短篇小說集真可以當任何方任何人的精神上的食糧而無愧。所有學校當局都應該把這本書介紹學生，或甚至進一步指定為學生的課外讀物」。

那時候，我對傑克的認識很淺。我以為傑克只是一位專寫流行小說的作家。此書出版後，我終於看到了傑克的另一面。

後來，《星島晚報》一位編輯告訴我：黃天石（即傑克）於一九二一年寫了短篇小說〈碎蕊〉，發表於《雙聲》創刊號，是香港最早的白話體小說。

五

一九八五年，我創辦文藝雜誌《香港文學》，小思交給我平可的〈誤闖文壇憶述〉，我因此讀到有關黃天石取用「傑克」作為筆名的動機。平可這樣寫：

……我為了好奇而詢問一位朋友，那位朋友說，黃天石所謀俱不如意，灰心之餘，只好走最不願意走的路——賣文。從他用「傑克」做筆名這一點就可知他的心境。「傑克」是英文名字 Jack 的譯音，英美男子以 John（約翰）或 Jack 為名的以千萬計，因此「阿 John」、「阿 Jack」相當於中國人所說的「張三李四」。黃天石以「傑克」為筆名，是表示不願披露真姓名。……

這種說法，當然是正確的。不過，當我知道傑克原名黃鍾傑時，我終於找到黃天石用「傑克」作為筆名的第二個理由。

六

儘管傑克為我編的副刊寫了幾年連載小說，他寫給我的信不但不頻繁，而且很少。當我整理作家寫給我的函件時，以為可以找到幾封傑克給我的信，結果只找到一封。此信的內容是：

趕稿趕得頭昏，想彼此彼此，卓別靈[7]之《摩登時代》殆吾輩生活照片實錄也。新稿乞正，匆頌（亞運過後，想可稍鬆一口氣也）

以鬯兄好

弟　天石頓首

五月十九日

此信寫得十分簡潔，卻耐人尋味，從中可以看到傑克的內在本質。

七

一九五七年，我從新加坡返回香港。《香港時報》總編輯要我重入該報編副刊，我在組稿時想起傑克，約他寫稿。

就我記憶所及，傑克於一九五八年發表在《香港時報．快活谷》的長篇言情小說《紅繡帕》與一九五九年發表在〈快活谷〉的長篇言情小說《荒唐世界》反應良好，讀者頗多。此外，《香港時報》十週年紀念，〈快活谷〉擴大版面，我約了十位作家為〈快活谷〉寫稿，其中有傑克的《花朝》。

一九六三年，《快報》創刊，副刊（綜合版〈快趣〉與小說版〈快活林〉）由我編輯，我曾經請傑克為我寫稿。傑克工作雖忙，也接受了我的邀約，不僅為我編的小說版撰寫長篇言情小說（如《妙人》）；還在一九六七年將毛姆（William

Somerset Maugham）[8]的長篇小說 *Of Human Bondage* 譯成中文在〈快活林〉連載。*Of Human Bondage* 是毛姆於一九一五年寫的長篇小說，內容屬半自傳性，被視為毛姆的最佳作品。有人將書名譯作《人生的枷鎖》，傑克將書名譯作《煩人》。傑克一直在報刊撰寫商業味較濃的言情小說，將毛姆的傑作譯成中文在《快報》副刊連載，是一件好事。

二〇〇五年九月二十三日

傑克

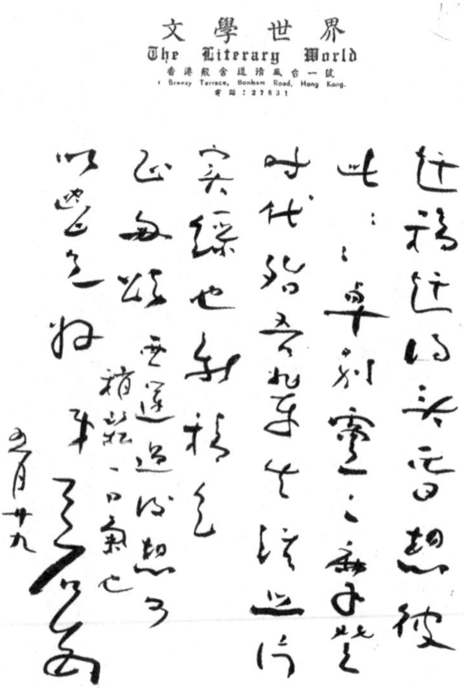

文學世界
The Literary World
香港般含道清風台一號
1 Breezy Terrace, Bonham Road, Hong Kong.
電話：27831

傑克給劉以鬯的信

編者附言

黃天石（一八九八—一九八三），祖籍安徽，生於廣東番禺。原名黃鍾傑，筆名傑克、黃衫客。小說家、古典詩文家、資深報人。香港早期新文學推手之一。

十八歲開始寫作。早年旅居上海，學電機工程後，服務於廣州粵漢鐵路局及新聞界，再由廣州移居香港，先後任香港《大光報》、《循環日報》、《華字日報》編輯及主筆。一九二三年至昆明出任唐繼堯顧問，又任《珠江日報》社董事、南洋大霹靂埠《中華晨報》社社長。一九二七年自東京返港，創辦香港新聞學社，任社長，《大光報》總編輯。曾任香港新聞記者聯合會第一屆常務理事。五十年代香港盜印成風，黃氏作品多有偽作，於是開設香港基榮出版社自印作品，及後創辦《文學世界》十日刊，出至第十二期停刊。一九五五年當選香港中國筆會首任主席，連任十年。一九五六年《文學世界》

復刊，每年四期，作為筆會刊物。

主要著作有長篇小說《痴兒女》、《名女人別傳》、《大亨小傳》、《紅衣女》、《改造太太》等五十餘種。

作者與傑克相識於一九五一年，本文寫於二〇〇五年，深長的懷念縈迴字裏行間。

本文採用香港天地圖書有限公司二〇〇七年十二月初版的多品種散文集《舊文新編》（第六十六至七十一頁）的版本。

註釋

1 馬崙（一九四〇—　），祖籍廣東豐順，生於馬來西亞柔佛州。原名邱名崐，筆名還有夢平、丘岷等。一九六一年畢業於柔佛巴魯日間師訓學院，曾擔任華小校長、馬來西亞華文作家協會副會長。《新馬文壇人物掃描》，一九九一年八月，由馬來西亞新山書輝出版社出版。

2 托爾斯泰（Лев Николаевич Толстой，一八二八—一九一〇），俄國小說家、哲學家、政治思想家，也是非暴力的基督教無政府主義者和教育改革家。作品有清醒的現實主義、卓越的心理描寫和非凡的藝術表現力。他提出的「托爾斯泰主義」，對政治運動影響深刻。他未獲諾貝爾文學獎，一直引起巨大爭議。

3 韋瀚章（一九〇六—一九九三），字浩如，廣東香山縣人，自稱「野草」、香水詞人，填詞人。曾任職香港商務印書館。一九五七年，與林聲翕（一九一四—一九九一）教授合編初中音樂教本六冊。

4 望雲（?—一九五九），原名張文炳，又名張吻冰。抗戰時，曾任電影編導，後改寫章回體連載小說《黑俠》等，頗受歡迎。

5 平可（一九一二—二〇一三），廣東恩平人。本名岑卓雲。年輕時學英文、土木工程。早期香港新文學作家，在報上連載長篇小說。一九四九年後從事翻譯工作。

6 梅開先（?—?），翻譯家。

7 卓別靈（Sir Charles Spencer "Charlie" Chaplin，一八八九—一九七七），英國喜劇演員、導演，無聲電影時期傑出人物，其逾七十年職業生涯奠定了現代喜劇電影的基礎。

8 毛姆（William Somerset Maugham，一八七四—一九六五），英國小說家、劇作家。原有外科醫生資格。一九二八年定居法國地中海濱。

編者的話

○

劉以鬯先生一生筆耕辛勞。自一九三二年十月起至二〇一五年二月止，八十餘年間，在報刊上寫下了逾六千萬字作品（包括各種體裁的文學創作和翻譯），由他自己或親友經手結集的，約百分之五而已。其中，最大宗的是小說，散文僅屬小量。在不多的散文裏，涉及與他人往來故實的，迄今只見到一九七三年四月到二〇〇五年九月這三十二年間執筆的十八篇，憶述了十五位不同輩份的文友，分別首發於香港報紙副刊、雜誌或文學團體的紀念特輯，再先後收入《看樹看林》（一九八二，香港書畫屋）、《短綆集》（一九八五，北京中國友誼）、《見蝦集》（一九九七，瀋陽遼寧教育）、《暢談香港文學》（二〇〇二，香港獲益）、《他的夢和他的夢》（二〇〇三，香港明報出版社）、《舊文新編》（二〇〇七，香港天地圖書）

等書。有些篇目，還陸陸續續選入不止一本書內，在海內外流傳。

一

從一九四一到二〇〇〇年，劉先生依次在重慶、上海、香港、新加坡、吉隆坡、香港等地共十九家報刊擔任過副刊編輯、編輯或主筆、主編、總編輯；二〇〇六年退休多年後，又應邀為香港《城市文藝》雜誌社董事長。半個多世紀裏締結的人脈，廣泛罕有其匹，綿密無與倫比。我想，劉先生心中關於文壇同道的軼聞逸事，自然十分豐富，遺憾的是，我們目下讀到的相關篇頁，委實嫌少。

造成這樣的情況，原因何在，說不真切：也許這一類文字，他從不輕易撰寫；也許他的筆一直忙於別樣急迫的題材，未克時常佇留於這個範疇；也許儘管他文思千頭萬緒，卻有時拿不定最佳的表述角度；也許有的已開了個頭，忽然被疑難卡住，一旦放下，時過境遷，也沒了賡續作完的心思……但毫無疑義的是：這批文字，在寫人散文領域中頗有特點，難能可貴；對了解作者交誼、生平和文壇人事、史跡有重要價值。我動念將之收攏成冊，因緣在茲。

二

回憶、懷念友人的散文，最能感動或吸引讀者的，我想是：具體事例和真情實意。劉先生閱歷深厚、眼界開闊，觀人察事嫻於抓住貼題的關鍵元素和細節點滴，他追述的那些往事，想來必是他認為最不應該遺漏的；而既然吮筆磨墨，定已情動於衷意滿於胸，只不過他操觚之際保持冷靜，毫端流瀉的字字句句，看似稀鬆平常，然則想像那人物言行的時空、情境和遭際，卻會明瞭作者想說的是甚麼。

一般而言，這種散文，敘事演繹主次清楚、跌宕有致、品味高雅；作者必將有關資料細加組織，結構得骨架完整、勾連自然、姿彩紛呈，猶如華屋勝景。劉先生筆下，這樣的篇章固然有之，如〈記豐子愷〉、〈記趙清閣〉、〈再記趙清閣〉、

〈記陸晶清〉、〈憶徐訏〉等；但他更喜不拘一格，自由自在，行文時序可以機動，把零星材料列點一、二、三、四、五……或通過幾個小標題「倒」出來給你，信你能將碎件組成有血有肉、可觸可感、有塵間氣息的人來，像〈記葉靈鳳〉、〈我所認識的熊式一〉、〈記李輝英〉等。作者有時還用類乎「意識流」的手法，想起哪樣就說哪樣，莫道此乃圖快躲懶，須知內裏有機杼存焉。請看〈我所知道的十三妹〉、〈長跑不倦的何達〉等，便明白此言非虛。我所以把這些文字統稱「心影」，着眼的正是作者那些同道的行止在他心中的投影。追記故友的散文，若出自心湖如鏡者手筆，那麼，所述對象落入的影子，往往反射出旁觀者平日不易看出或忽視略去的面相，教人頓覺格外真實。〈悼何紫〉、〈顧城的城〉、〈巴金的一件小事〉、〈關於《巴金選集》〉等文，不啻發人省思的例證。

三

細心且有一定基礎的讀者，相信還會另有驚喜：本書有些文字暗藏、提示作者及其文友的生平、業績（包括編輯、寫作、教學）或香港文壇的動態訊息。譬如〈記陸晶清〉，透露作者那一晚及時準確譯出重要電訊，成為獨家大新聞，為報紙立功的經過；同時也展示「小鹿」裏裏外外、公私兼顧的幹練能耐和創作業績的不凡。〈寫《中國新文學史》的司馬長風〉、〈我所認識的司馬長風〉兩題，讓我們看到，作者既坦率指出文友引起學界矚目的文學史新著的浮淺和謬誤，又肯定這位「臨陣磨槍上陣」的學者「很勤奮，十分好學」，並樂於為之安排園地、平台，寫自己熟悉的文章，顯現他編刊做人的風格。〈憶施蟄存〉、〈記傑克〉兩文，有作者辦文化社、主編《快報》副刊和《香港文學》時組稿的緣起與收穫；也有文友寫作、編書的設想和始末，以及作者對他們認識日久漸深的依憑。劉先生是那些事件的親歷者和見證人，像他這一輩的編輯不用說是香港文學史的活字典；他的記錄是貨真價實的第一手資料，這個水平的第一手資料無疑是不可多得的珍寶。

四

在劉先生記憶中，長輩、同儕、後秀的事跡，內涵豐贍，並非讀一兩遍所能充分把握；倘若你往後得以結合那些作家的傳記或著述，重溫本書相關篇頁，定必會有更多領悟。

編者除擷示以上編輯過程中的心得與諸君分享外，還盡綿力做了下列三件事：一、逐篇撰寫「編者附言」，簡介所寫作家的生平成就、作者與他訂交的來龍去脈，說明文章的版本；二、參考能見到的研究成果，為文中出現的人事和另有異說的地方加上必要的註釋；三、訂正初版時難免的手民之誤。旨在令讀者進一步認識書中人事，或對未來獨尋別徑鑽研下去有所啟發。雖作了這樣的努力，囿於主客觀的局限，不足或淺陋，在所難免，祈盼諸君不吝諟正，俾有機會改善，先此敬申由衷謝忱！最後，要特別指出，書中涉及作者與文友結交的情況，沒有劉以鬯夫人羅佩雲女士（她無微不至關心劉先生的生活和創作，記憶力至今驚人地清晰）有求必應的及時解疑；各文附加的作家手跡和一些照相，沒有她的悉心翻找、提供，都絕不可能成就現在的「景觀」。編者把對所有鼎助者說不盡的感激謹誌於此，是理所當然的。

梅子

二〇二二年九月二十八日夜於香港

同道心影

記憶中的文友

劉以鬯 著
梅子 編

責任編輯 張佩兒
裝幀設計 簡雋盈
排 版 陳美連
印 務 周展棚

出版 中華書局（香港）有限公司
香港北角英皇道四九九號北角工業大廈一樓B
電話：（852）2137 2338
傳真：（852）2713 8202
電子郵件：info@chunghwabook.com.hk
網址：http://www.chunghwabook.com.hk

發行 香港聯合書刊物流有限公司
香港新界荃灣德士古道二二〇—二四八號
荃灣工業中心十六樓
電話：（852）2150 2100
傳真：（852）2407 3062
電子郵件：info@suplogistics.com.hk

版次 二〇二三年七月初版
二〇二四年八月第二次印刷
©2023 2024 中華書局（香港）有限公司

規格 三十二開（190mm×130mm）

ISBN 978-988-8860-24-1